KB032849

미래에서 온 영화감독

철순 현대 판타지 장편소설

WISHBOOKS MODERN FANTASY STORY

미래에서 온 **영화감독** 6

철순 현대 판타지 장편소설

초판 1쇄 찍은 날 | 2019년 5월 16일
초판 1쇄 펴낸 날 | 2019년 5월 23일

지은이 | 철순
펴낸이 | 예경원

기획 | 위시북스
편집책임 | 이규재
편집 | 위시북스

펴낸곳 | 예원북스
등록번호 | 제396-2012-000132호
등록일자 | 2012. 7. 25
KFN | 제1-411호

주소 | 경기도 고양시 일산동구 호수로 646-24 위너스21II빌딩 206A호 (우)10401
전화 | 031-819-9431 팩스 | 031-817-9432
E-mail | yewonbooks@naver.com

ISBN 979-11-6424-294-8 04810
      979-11-965806-5-0 (set)

미래에서 온

영화감독 ◈6

철순 현대 판타지 장편소설

WISHBOOKS MODERN FANTASY STORY

미래_{에서} 온
영화감독

CONTENTS

1장
교두보

　한국에 도착한 강찬은 곧바로 집으로 향했다. 17평의 임대 아파트에 도착한 강찬은 집 앞에 선 채 한참을 올려다보았다.

　'여기도 안녕이네.'

　이번 영화를 촬영하고 돌아올 때쯤이면 새로운 집이 그를 반겨줄 것이었다. 그렇게 생각하니 아쉬움과 기대 등이 뒤섞인 감정에 쉬이 발이 떨어지지 않았다.

　강찬이 서성이고 있는 사이, 퇴근한 어머니가 그를 지나쳐서 십으로 들어갔다.

　"엄마?"

　그녀는 아들의 목소리에 뒤를 돌아보았다가 깜짝 놀라며 말했다.

"어? 아들? 키 컸어? 아들인 줄 몰랐네."

어머니는 화색을 띠며 강찬에게 다가와 그의 얼굴을 올려다보았다.

"몸도 좋아진 것 같고. 얼굴도 잘생겨진 것 같네. 아들 돈 벌더니 관리받나 봐?"

"그냥 오랜만에 봐서 그런 거 아니고?"

"얘는, 내가 네 엄마만 21년인데 아들 얼굴을 까먹겠니."

그녀는 진심으로 놀란 듯 강찬의 얼굴과 몸을 이리저리 뜯어보더니 호, 하는 소리와 함께 강찬의 어깨를 두들겼다.

"보기 좋네. 저번 영화 찍을 때는 폐인 같더니. 이래서 남자도 관리가 중요한 거야."

"엄마가 잘 낳아줘서 그렇지."

어머니와 함께 집으로 들어온 강찬은 테이블에 앉았고 어머니는 식사 준비를 시작했다. 강찬이 멍하니 있을 때, 그의 어머니가 먼저 말을 꺼냈다.

"엄마는 마당 있는 이층집이 좋다."

"……서울에서?"

"응. 아들 돈 많잖아."

"영화 만들 돈이야."

"그래서 엄마한테는 한 푼도 못 쓴다?"

강찬은 '그건 아니고……' 하고 작게 말하며 노트북 모니터로 고개를 돌렸다. 인터넷으로 검색을 해보아도 마당 있는 이층집은 매물조차 없었다.

한참을 찾아보던 강찬은 식사 준비를 하고 있는 어머니의 등에 대고 말했다.

"차라리 짓는 게 빠르겠는데."

"그래도 돼?"

그녀의 물음에 천천히 고개를 끄덕이던 강찬은 짓는다는 생각이 나쁘지 않다는 결론이 들었다.

"서울에서 조금만 벗어나면 괜찮을 거 같은데."

"그냥 해본 말인데."

말로는 그냥 해본 말이라고 하지만 그녀의 눈은 벌써 반짝거리고 있었다. 어머니는 강찬의 노트북을 슥 밀더니 김치찌개와 밥, 김과 계란 프라이를 식탁에 올렸다.

그리곤 강찬의 눈을 슥 보더니 말을 이었다.

"엄마는 많은 거 안 바라는 거 알지?"

"마당 있는 이층집이라면서."

"말이야 뭔들 못하겠니. 엄마는 지금 사는 집도 좋아."

홀로 아들을 키워오느라 절약이 몸에 밴 어머니다. 아들이 아무리 많은 돈을 번다고 해도 그 씀씀이가 바뀌는 데까지는 오랜 시간이 걸릴 터.

괜히 코끝이 찡해진 강찬은 젓가락을 들며 말했다.

"다른 건 없어?"

"응?"

"마당, 2층. 말고 있었으면 좋을 것 같은 거 있잖아."

"집에?"

"응."

그녀는 강찬의 얼굴을 바라보며 잠깐 고민하더니 조심스레 말했다.

"개 한 마리 키우면 좋겠네."

"전에 말했던 그 종? 골든 리트리버라고 했나."

"그래, 그 종."

생각하는 것만으로도 기쁜지 얼굴 가득 미소를 지은 어머니의 모습을 본 강찬 또한 미소를 머금었다.

"그럼 그렇게 합시다."

남이 지은 집을 사서 사는 게 아닌, 기초부터 자신의 취향대로 지은 집에 사는 것. 현대 사회를 살아가는 사람이라면 누구라도 꾸는 꿈일 것이다.

"그건 그렇고, 아들. 엄마랑 사진 하나만 찍자."

"왜?"

"우리 반 아이들 있잖니. 걔네가 내 아들이 너라니까 안 믿는 거야. 그래서 아들이랑 같은 사진 보여줬더니 얼굴이 다르다나 뭐라나. 다른 선생님들도 그러고."

그녀의 말에 헛웃음을 흘린 강찬은 어머니의 핸드폰으로 사진 몇 장을 찍었다. 만족스러운 미소를 지은 그녀는 '내일 가서 자랑해야겠다.' 하고 말하면서 액정에 떠 있는 사진을 바라보았다.

그런 어머니를 바라보던 강찬은 A4지 몇 장을 가져다가 사인을 한 뒤 어머니에게 건넸다.

"이것도 가져가서."

"좋다."

그 이후 강찬은 어머니와 식사를 하며 이런저런 이야기를 나누었고 그렇게 그날 밤이 깊었다.

다음 날.

강찬은 백중혁을 통해 건축 관련된 사람을 소개받고 그와 집에 관한 이야기를 나누었다. 유유상종이라고 백중혁의 지인인 건축업자는 영화에 관심이 많은 사람이었고 강찬에 대해서도 관심이 많은 사람이었다.

덕분에 빠르게 이야기를 마친 강찬은 이여름과 그녀의 어머니를 만나기 위해 택시를 타고 약속 장소로 향했다.

'차는 안 사도 되려나.'

앞으로는 한국에 있는 시간보다 돌아다니는 시간이 더 길어질 터, 지금처럼 택시를 타고 다니는 게 더 효율적이라는 생각이 들었다.

잡다한 생각을 하는 사이, 강찬이 탄 택시가 약속 장소에 도착했고 이여름과 그녀의 어머니를 만날 수 있었다.

그들과 간단한 안부 인사를 나눈 강찬은 곧바로 본론으로 들어갔다.

"특성화 사립 초등학교가 있습니다. 학비가 좀 비싸긴 하지만, 외부 활동으로 출결도 인정해 주고 예술 쪽 중, 고등학교 진학에도 도움이 된다고 하네요."

"그런 곳이 있어요?"

"예. 어머니와 여름이만 괜찮다면 학교를 그쪽으로 옮기는 게 어떨까 싶은데요."

강찬의 말에 이여름과 그녀의 어머니가 서로를 바라보았다. 이여름의 어머니는 걱정이 되는 듯 이여름의 어깨에 손을 올린 뒤 강찬에게 말했다.

"괜찮을까요?"

"제 생각에는 그쪽이 더 나을 것 같습니다. 학교에 재학 중인 학생 대부분이 이쪽 일을 하고 있는 아이들이거든요. 같은 일을 하는 아이들이니 관심사도 비슷할 테고, 친해지는 데 어려움은 없을 거라 생각합니다."

이여름이 본격적으로 활동을 시작할 시기는 5년에서 10년쯤 뒤다.

그때면 SNS에 남아 있는 글귀 하나만으로 데뷔한 아이돌, 나아가 그룹까지 데뷔가 취소되거나 심하면 해체되는 경우도 있는 시기.

괜히 긁어 부스럼을 남기느니 아예 전학을 보내는 게 나을 거라는 판단이었다.

"여름이는 어떻게 생각하니?"

"많이 멀어요?"

"그렇게 멀진 않아. 지하철로 한 시간 정도?"

"그럼 갈래요."

이여름은 생각을 굳히는 듯 힘차게 고개를 끄덕이더니 말을 이었다.

"학교는 빠져도 괜찮아요. 안 가도 집에서 공부할 수 있어요. 영화 촬영하면서 대기 시간에 공부해도 되고요. 저 잘할 수 있어요."

"그래?"

"네."

"그럼 여름이가 하고 싶은 대로 하자. 대신 조건이 있단다."

"네?"

"과외 선생님 한 분을 고용할 거란다. 일주일에 3~4시간씩 그분께 배워야 해. 괜찮겠니?"

"그럼요!"

"숙제도 있을 거야."

"할 수 있어요."

"시험도?"

"……네!"

이여름은 사족이 붙을수록 입술을 비죽이긴 했으나 대답에서 힘이 빠지진 않았다. 귀여운 모습에 그녀의 머리를 쓸어준 강찬이 말을 이었다.

"그럼 오늘 집에 가서 짐 싸야겠네."

"진짜요?"

"일주일 뒤에 제작 발표회가 있는데 그때 여름이도 참가해야 하니까."

제작 발표회라는 말에 이여름의 눈이 반짝였다. 그러더니 고기를 향해 뻗던 젓가락을 내려놓고선 빠르게 고개를 끄덕였다.

"젓가락은 왜 내려놓니?"

"일주일밖에 안 남았으니 관리해야죠!"

학교에 관한 근심보다 체중 관리라는 여배우의 숙명이 더 큰 근심이 되어버린 모습에 강찬이 헛웃음을 흘렸다.

"지금 안 먹으면 키 안 큰다?"

"너무 큰 것도 별론데."

"여름이는 좀 더 커야지."

12살에 150㎝ 정도면 작은 키는 아니었지만 적어도 165~170㎝ 사이는 되어야 배우로 활동하기 좋다.

"그럼 먹어도 돼요?"

"당연하지."

그의 말에 신이 난 이여름이 다시 젓가락을 쥐었고 그 모습에 이여름의 어머니와 강찬의 얼굴에 동시에 미소가 번졌다.

그러다 두 사람의 눈이 마주쳤고, 이여름의 어머니는 이여름이 고기를 먹는 모습을 보며 말했다.

"제가 안 먹이는 거 아닌 거 아시죠?"

"그럼요."

"얘가 누굴 닮아 이렇게 독한지, 집에서 혼자 영어 공부를 3시간씩 해요. 작품 들어간다고 맨날 풀만 먹고…… . 걱정돼 죽겠다니까요."

12살짜리가 절제를 할 줄 안다는 것 자체가 대단한데 노력까지 한다니. '이런 심성을 가졌으니 탑 배우가 되는 거지.' 하는 생각과 이런 아이를 키워낸 이여름의 어머니에게 존경심이 들었다.

"대단하시네요."

"예?"

"자식은 부모의 거울이라 하지 않습니까. 어머니께서 노력하는 모습을 보여주시니 여름이가 잘 해주는 것 아닐까 하는 생각이 들어서요."

그의 칭찬에 그녀는 이여름을 바라보며 미소를 지었다.

나흘 뒤, 강찬과 이여름, 그리고 그녀의 매니저로 일하고 있는 유정훈이 함께 미국행 비행기에 올랐다.

13시간에 가까운 비행 끝에 녹초가 된 세 사람이 LA에 도착했을 때.

"여기!"

"고생하셨습니다."

윤가람 PD와 서대호가 그들을 마중 나와 있었다.

"처음 뵙겠습니다. 유정훈이라고 합니다."

"조감독 일을 하고 있는 서대호입니다."

"서브 프로듀서를 맡고 있는 윤가람입니다."

간단한 인사를 마친 그들은 차에 올랐고, 강찬이 물었다.

"스튜디오는 준비됐나요?"

"일정 맞춰 준비했죠."

이제 제작 발표회가 끝나면 미국에서의 촬영이 시작될 테니 미국에서 지내고 작업할 공간이 필요했다.

강찬뿐만 아니라 그가 데려온 모든 메인 스태프의 숙소까지 필요한 상황, 강찬은 그걸 윤가람에게 부탁했고 그 준비가 끝난 모양이었다.

"전에 말씀하신 거긴가요?"

"예. 스튜디오와 숙소 모두 대여 끝났고 바로 들어가시면 됩니다."

"감사합니다."

"감사는요, 다 월급 받고 하는 일인데."

어서 회사를 키워야 이들이 프로듀싱에만 집중할 수 있을 것이다. 이번 작품이 끝나기 전까지 몇 명이나 더 고용하고 어떻게 배치해야 할까 생각하는 사이 차는 시원하게 달렸고 한 시간 정도 지나 스튜디오에 도착할 수 있었다.

"이 건물 14층이 스튜디오고, 보도로 5분 거리에 숙소가 있습니다."

"좋네요."

지은 지 오래되지 않은 건물인지 외견부터 깔끔한 게 마음에 들었다.

차에서 내려 건물을 올려다보던 강찬이 이여름에게 물었다.

"스튜디오를 한 번 살펴보고 나올 생각인데 주변 구경하고 있을래?"

"저도 스튜디오 한 번 구경해 보고 싶은데, 그래도 돼요?"

의외의 말에 강찬은 그럼, 하고 대답했고 그의 말에 신난 이여름이 종종걸음으로 건물로 들어갔다.

엘리베이터를 타고 올라가자 한 층 전체가 후반 작업을 위한 스튜디오로 꾸며져 있었다. 강찬이 감탄사를 뱉으며 둘러보는 사이 윤가람이 의기양양한 얼굴로 말했다.

"꽤 어렵게 구했습니다."

"좋네요. 어떻게 구하신 거예요?"

"원래 프로덕션이 운영하던 곳인데 잘 돼서 신설 스튜디오로 옮긴다고 합니다. 그래서 처분하려고 내놓은 자리인데 타이밍이 잘 맞았죠."

그의 말을 들으며 장비를 하나하나 체크해 본 강찬의 얼굴에 미소가 걸렸다.

'준비는 끝났다.'

내가 일할 수 있는 공간이 생기자 진짜 준비가 끝났다는 생각에 묘한 만족감이 들어찼다.

'시작이야.'

배우와 스태프의 캐스팅. 제작사와의 협의 등, 길었던 과정이 끝났으니 이제 남은 것은 본격적인 영화의 촬영이다.

이곳에서 만들어갈 영화, 그리고 미래에 대한 기대감에 강찬의 눈이 반짝였다.

미국에 도착한 지 사흘이 지난 5월 10일.
'지킬 앤 하이드' 제작 발표회 날이 밝았다.

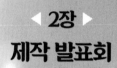

◀ 2장 ▶
제작 발표회

불이 꺼진 무대 위, 핀 조명이 켜지며 한 사람을 비추었다. 짧고 노란 머리에 비율 좋은 사내의 모습이 드러나자 관객석에서 짧은 박수와 함께 카메라 셔터 소리가 퍼져 나왔다.

"안녕하십니까. 마이클 홀랜드입니다."

선댄스 시상식 때부터 강찬과 인연을 함께한 마이클 홀랜드가 이번 제작 발표회의 MC를 맡았다. 그는 짧은 인사와 함께 말을 이어갔다.

"물론 여기 모인 분들은 저를 보러 오신 게 아니실 테니, 제 소개는 여기까지만 하겠습니다. 그럼 길게 끌 것 없이 바로 '지킬 앤 하이드 - 전설의 시작' 제작 발표회를 시작하겠습니다."

전설의 시작.

참 마음에 들지 않는 부제긴 하지만 어쩔 수 없었다. 판권을 가진 쪽은 강찬이 아니라 유니버셜이었고 그들은 거창한 것을 원했기 때문.

'2014년에 개봉할 드라큘라의 부제도 전설의 시작이었지.'

강찬이 참여하지 않았다면, 다크 유니버스의 시작은 2014년 '드라큘라 - 전설의 시작'이 끊었을 것이다.

물론 흥행에 처참하게 실패한 후, '유명한 배우가 출연하지 않았기 때문이다.'라는 얼토당토않은 이유를 실패한 원인으로 분석했다.

그리고 2017년 톰 크루즈와 안젤리나 졸리, 조니뎁과 하비에르 반담, 러셀 크로와 소피아 부텔까지. 화려한 라인업으로 다시 돌아오지만.

그 또한 화려하게 망한다.

'하지만 이번에는 다르다.'

메가폰을 잡은 이가 강찬이며 배우들과 스태프까지 전부 강찬의 입김 아래 정해진 이상 똑같은 일이 벌어지진 않을 것이다.

강찬의 생각이 끝나갈 무렵.

"그럼 배우분들을 모시겠습니다. '지킬 앤 하이드'의 지킬, 그리고 하이드를 연기한 휴고 위빙."

짧은 박수와 함께 박사 가운 차림의 휴고 위빙이 무대 위로 올라가 인사를 한 뒤 자리에 앉았다.

"지킬의 조수이자 그의 정신적 지주이며 여주인공 스텔라 역의 멜라니 로랑."

짧게 자른 금발의 머리와 녹색의 눈동자가 매력적인 배우, 멜라니 로랑은 휴고와 맞춘 듯 박사 가운에 정장을 받쳐 입은 채 무대에 올라 인사를 했다.

"지킬 박사의 친구이자 조력자, 가브리엘 존 어터슨 역의 제임스 다시."

곱슬거리는 머리를 포마드 스타일로 올린 제임스 다시는 극 중 역할인 변호사와 같이 깔끔한 정장 차림으로 무대에 올랐으며.

"매력적인 주인공만큼이나 중요한 게 매력적인 악역이겠죠. 지킬의 반대편에서 그의 약물을 노리는 악당, 차이 역의 견자단."

63년생으로 배우 중 나이가 가장 많지만, 동안인 덕에 30대 후반으로 보이는 견자단 또한 양복을 입은 채 무대에 올라왔다.

그리고 마이클 홀랜드의 시선이 큐시트로 향했을 때, 네 사람이 자리에 앉을 때까지는 별다른 표정의 변화가 없던 그의 얼굴에 미소가 번졌다.

"영화 '악당'으로 연기력을 입증했고, 선댄스에서의 버스킹으로 '유타의 작은 천사'라는 별명까지 얻었던 소녀죠. 들리는 소문으로는 여러 음반사에서 탐냈지만, 연기가 하고 싶다는 이유로 모든 음반사를 걷어 차버린 소녀. 이번 작품에서는 '방관자'라는 역할을 맡은 소녀. 이여름 양입니다."

대본에 없는 말로 이여름을 한껏 포장한 마이클 홀랜드가 무대 아래를 가리키자 수줍은 얼굴의 이여름이 무대 위로 올랐다. 그것도 잠시, 무대 체질이 분명한 이여름은 무대에 올라오자마자 환하게 웃으며 관객석을 향해 인사를 하고 손을 흔든 뒤 준비된 자리에 앉았다.

"이 자리에 모인 배우들만 봐도 입이 쩍 벌어지는 것은 저뿐만이 아닐 겁니다. 연기력이야 당연히 검증되어 있고 각자가 가진 매력만 뽐내더라도 2시간짜리 영화가 꽉 찰 것 같지 않습니까? 그래서 조금 걱정도 되었습니다. 이 배우들이 가진 아우라를 잘 버무릴 수 있는 감독이 누가 있을까 하고 말입니다. 그런데 감독의 이름을 보니 그런 걱정은 싹 가시고 기대감만 들어차네요. 영화 '악당'으로 최연소 선댄스 심사위원 대상을 받아 '선댄스 키드'가 되었으며 지금 절찬리 상영 중인 'TWO BASTARDS'로 할리우드에 입성했으며 이제 세 번째 영화로 할리우드를 정복하려는 감독. 강찬 감독입니다."

누구보다 긴 소개에 강찬의 미소를 머금은 강찬이 무대에 올랐다. 그의 앳된 얼굴을 향해 카메라의 뷰파인더가 몰렸고 차라라락하는 기분 좋은 셔터 소리가 잔잔히 울렸다.

강찬이 무대에 오르자 마이클이 그에게 다가와 마이크를 하나 건넸고 강찬은 마이크를 건네받으며 말했다.

"안녕하십니까. 이번 영화의 메가폰을 잡게 된 감독, 강찬입니다."

제작 발표회였기에 일반인은 한 명도 없었으며 90% 이상이 기자들이었다. 즉, 정보에 밝은 사람들이었기에 강찬의 얼굴을 몰라보는 이는 없었다.

짧은 박수가 끝나자 마이클 홀랜드가 진행을 이어갔다.

"미스터 강. 2006년 선댄스 영화제에서 만났던 게 엊그제 같은데 벌써 할리우드에서 만나게 될 줄은 몰랐습니다. 축하드립니다."

"감사합니다."

강찬으로 시작해 간단한 소개와 인사를 마친 마이클 홀랜드는 큼, 하고 목소리를 가다듬은 뒤 말을 이었다.

"그럼 본격적으로 시작해 봅시다. 일단 '지킬 앤 하이드'는 어떤 영화입니까?"

"고전 명작 '지킬 앤 하이드'에서 영감을 현대적으로 재해석한 작품입니다. 재해석이라기보다는 '지킬 앤 하이드'라는 캐릭터 하나만 가져다 새로운 영화를 만들었다는 게 맞겠군요."

"설명만 들어서는 잘 모르겠군요."

"그래서 준비했습니다. 인트로부터 보시죠."

보통 제작 발표회는 영화의 촬영 중간에 하기 마련이다. 지금처럼 캐스팅이 막 끝난 단계에서는 보여줄 게 별로 없기 때문.

하지만 강찬은 만반의 준비를 해둔 상태였다.

휴고와 함께 미리 인트로 영상을 만들어두었고 스토리를 한눈에 볼 수 있는 홍보 영상까지 만들어둔 상태.

이것을 위해 한국에 있던 강찬의 메인 스태프들이 미국으로 먼저 온 것이었다.

인트로 영상은 휴고의 얼굴로 시작되었다. 그가 하이드로 변하는 과정을 담은 영상이 빠르게 편집되어 지나갔고 그 이후 CG로 만들어낸 괴물들과의 전투가 이어졌다.

인트로가 끝나자 강찬이 말했다.

"스파이더맨 트릴로지와 비슷한 히어로물입니다만 이야기의 얼개 자체는 완전히 다릅니다. 유니버스의 이름이 '다크 유니버스'인 만큼 히어로보다는 괴물에 가까운 이들이 주인공이 될 예정이죠."

"좀 달라졌군요."

지금껏 강찬이 보여준 영화는 화려하지 않았다. 대신 세세한 연출과 디테일, 그리고 배우들의 연기력을 끝까지 끌어내는 편집으로 관객들의 가슴을 사로잡는 것이 특기였다.

"CG가 굉장히 화려합니다. 지금까지 보여주었던 영화와는 많이 다른데 스타일을 변화시킨 이유가 있습니까?"

"그럴 필요가 있는 영화니까요. 블록버스터라는 이름이 붙는 순간 관객들은 폭발과 파괴를 기대하기 마련이죠."

고개를 끄덕인 마이클은 '기대하겠다.'는 말과 함께 휴고에게로 고개를 돌리며 물었다.

"휴고, 처음으로 도전하는 히어로 영화죠. 그것도 이중인격에 약물중독 히어로라니. 듣기만 해도 연기하기 어려울 것 같습니다만. 이 역을 선택한 이유가 있습니까?"

"첫째로 감독의 팬이에요. 둘째로 시나리오가 훌륭했고, 셋째로 이중인격 약물중독 히어로를 연기해 보고 싶더군요."

"세 가지 이유라니 생각보다 많군요. 시나리오의 어떤 점이 훌륭했는지 말해줄 수 있을까요?"

그의 물음에 휴고는 흠, 하고 팔걸이에 몸을 기대며 답했다.

"너무 많지만 제가 다 말했다가는 뒷사람들이 할 이야기가 없을 테니 한 가지만 말하죠. 모든 캐릭터가 살아 있어요. 등장하는 캐릭터들이 입체적이고 또 각자의 이야기를 가지고 있어요. 물론 그 모두를 조명하지는 않지만, '저 캐릭터가 저렇게 움직이는 이유가 뭐야?'라던가 '왜 저렇게 하지?' 하는 의문이 드는 장면이 없습니다. 캐릭터의 성격에 어울리게 생각하고 또 그렇게 움직이죠."

휴고의 극찬에 강찬은 고개를 숙였고 다른 배우들은 천천히 고개를 끄덕였다. 그 모습에 마이클이 물어왔다.

"다들 고개를 끄덕이시는 것을 보니 동의하시는 모양입니다. 모든 캐릭터가 살아 있는 영화라. 자칫하면 하나에 집중하지 못하고 중구난방이 될 수도 있는 위험한 도전입니다만. 메가폰을 잡은 사람이 사람이니만큼 기대하겠습니다."

몇 가지 질문을 더 하며 휴고와의 인터뷰를 끝낸 마이클은 이어서 멜라니 로랑과 견자단, 제임스 다시까지 인터뷰를 끝냈다.

그들에게 공통된 질문으로 '이 영화를 선택한 이유'에 관해 물었고 모든 배우가 하나같이 입을 모아 시나리오를 꼽았다.

"시나리오가 좋았습니다. 이처럼 세세한 시나리오를 보는 건 처음이었거든요."

견자단이 대답했고 그 뒤는 멜라니였다.

"저도 시나리오에 마음을 빼앗겼어요. '스텔라'라는 캐릭터가 조연이나 여주인공에 머무는 것이 아닌, 독자적인 생각을 하고 움직이는 캐릭터라는 것에, 그리고 그걸 만들어주는 상황에, 마지막으로 그 모든 것을 만들어낸 감독에게 반했죠."

멜라니의 말에 마이클이 오? 하는 눈으로 그녀를 바라보았고, 그녀는 눈을 찡긋하는 것으로 대답을 대신했다.

"앞에 분들이 전부 시나리오를 말했지만…… 저도 그렇게 생각합니다. 배우가 영화에 출연하는 데 있어 가장 큰 비중을 차지한 게 바로 시나리오니까요. 시나리오를 본 순간 전 확신했습니다. '이 영화는 된다.' 그리고 곧바로 떠올랐죠. '나도 이 영화로 뜰 수 있겠구나.' 하고 말입니다."

제임스 다시의 말이 끝나자 마이클이 어깨를 으쓱였다.

"이 정도 되니 저도 그 시나리오를 보고 싶네요. 한 번 볼 수 있을까요?"

"영화가 스크린에서 내려간 뒤라면 언제든지 가능합니다."

강찬의 대답에 눈을 흘긴 마이클은 흠흠, 하고 목을 가다듬은 뒤 마지막 순서, 이여름에게로 시선을 돌렸다.

"올해 몇 살이죠?"

강찬이 통역을 하려 할 때, 이여름이 말했다.

"미국 나이로 열하나예요."

발음이 어색하긴 했지만 정확한 워딩. 요즘 영어 공부를 한다고 하더니 빈말이 아닌 모양이었다.

"영어를 할 줄 아나요?"

"조금요. 공부 중이에요."

한 글자 한 글자 또박또박 말하는 모습에 마이클은 귀여워 죽겠다는 듯 웃음을 지었고 다른 기자들 또한 마찬가지였다.

그렇게 이여름의 영어와 강찬의 통역이 반반 섞인 인터뷰가 시작되었고 훈훈한 분위기 속에 그녀의 인터뷰 또한 끝이 났다.

곧 기자들의 질문 시간이 시작되었다. 보통 제작 발표회에서의 질문이 배우들에게 집중되는 반면, 이번 제작 발표회에서 질문을 가장 많은 받은 이는 감독, 바로 강찬이었다.

혜성처럼 등장한 신인 감독이 자신의 자본으로 만든 영화두 편을 연달아 히트시키고 할리우드 유수의 제작사 유니버셜과 계약해 새로운 영화를 만든다.

마치 영화와 같은 이야기가 현실에서 일어난 것에 대해 대중의 관심이 자연스럽게 몰렸고 그것을 대변해 기자들의 질문이 몰리게 된 것이다.

"기대되는 만큼 우려의 목소리 또한 큽니다. 강찬 감독이 20살의 나이로 두 편의 영화를 흥행시킨 감독이긴 하지만 이런 블록버스터를 연출해 본 적이 없다는 건 사실이니까요. 자신 있으신가요?"

"말 대신 영화로 보여드리겠습니다."

강찬의 말에 질문한 기자는 멍한 표정이 되었고 마이클은 박수를 쳤다.

"맞는 말이군요. 영화감독이 말을 해서 뭐하겠습니까? 작품으로 보여주는 게 최고지."

마이클의 박수가 끝난 뒤, 몇몇 기자의 질문이 더 이어졌다.

그렇게 두 시간가량 이어진 제작 발표회는 성공적으로 마무리되었고 출연진과 제작진이 함께 모여 회식을 하는 것으로 영화 촬영의 준비가 모두 끝났다.

5월 16일.

제작 발표회 이후 엿새가 지난날.

할리우드의 세트장 B-11. 영화 '지킬 앤 하이드'는 뉴욕을 배경으로 하고 있었기에 뉴욕의 연구실처럼 만들어진 세트장에 강찬 사단이 모였다.

지킬 역의 휴고와 스텔라 역의 멜라니, 그리고 가브리엘 역의 제임스가 연구원 가운을 입은 채 대본을 보고 있었고.

긴장한 건지 가만히 있지 못한 서대호가 사방을 뛰어다니며 장비의 체크를 하고 있었으며 그런 그의 머리 위로는 검지보다 조금 잡은 크기의 씨앗이 반짝거리고 있었다.

'신기하단 말이지.'

인간 토템의 능력, '케어'를 발아한 덕일까. 어린 나이에도 넘치는 친화력으로 모든 배우와 스태프들 사이를 오가며 조율을 하는 게 어색해 보이지 않았다.

서대호에게서 시선을 뗀 강찬이 오늘 촬영분을 살피는 사이, 체크를 마친 서대호가 다가와 말했다.

"올 스탠바이 사인 떴다."

"벌써?"

"응. 한국분들이라 말이 잘 통해서 편하네."

촬영장에는 수많은 은어가 있다. 외국인들과 함께 일할 때 가장 불편한 것이 바로 은어. 이를테면 조명으로 주는 그림자 효과를 '가께'라고 한다.

이런 단어들을 영어로 치환하자면 하나하나 설명을 해야 하니 불편하지만, 같은 판에서 일하던 사람들끼리는 그럴 필요가 없는 것.

"다행이네. 배우들은?"

"멜라니 분장만 끝내면 돼. 맥시멈 15분."

"그럼 30분 뒤에 촬영 들어가자."

"오케이. 공지할게."

강찬의 말에 고개를 끄덕인 서대호가 그의 말을 전파하기 위해 이리저리 뛰어다니며 말하기 시작했고 강찬 또한 촬영 준비를 위해 필드 모니터로 움직였다.

그렇게 30분이 지났을 때.

배우들은 모두 지정된 자리에 가서 섰고 조명과 카메라가 켜진 채 강찬의 신호를 기다렸다. 모든 사람의 시선이 강찬에게로 향했고.

"큐."

그가 말하자 모든 카메라가 슬레이트를 들고 있던 이를 비추었고 슬레이터가 힘차게 외쳤다.

"42, 1, 1!"

딱! 하는 경쾌한 슬레이트 소리와 함께 강찬이 외쳤다.

"액션!"

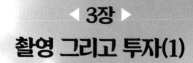

◀ 3장 ▶
촬영 그리고 투자(1)

　자신의 몸에 새로운 인격, 그리고 괴물이 자리 잡았다는 것을 깨달은 지킬은 인격에게 '하이드'라는 이름을 붙여주었다.

　그리고 몇 날 며칠을 실험해 보았지만 '하이드'는 다시 나타나지 않았다. 그때 맞았던 약물이 있어야만 다시 모습을 드러낼 것이라는 생각에 수많은 약물을 만들어보았지만.

　"안 되는군."

　그때 만들었던 약물은 성공이 아니라 실패였던 것이 분명하다. 똑같은 공식에 똑같은 재료, 똑같은 환경에서 약물을 만들었으나 전과 같은 반응이 나지 않았기 때문.

　즉, 지킬이 알 수 없는 변수가 작용한 것이다.

　"후."

지킬이 한숨을 쉬고 있을 때, 연구실의 문이 열리며 동양인 사내이자 그의 동료, 차이가 들어왔다.

차이가 들어오는 것을 확인한 지킬이 인상을 찌푸리며 말했다.

"오지 말라니까."

"내 직장에 내가 출근하겠다는데?"

"아직 위험해."

"지킬, 너는 괜찮고?"

"난 괜찮아."

지킬의 말에 차이가 짧은 한숨을 내쉬었다.

"폭발 사고 CCTV 영상은 사라졌지, 연구 중인 약물도 사라졌지, 실험실은 초토화되어 있지. 그 시간에 실험실에 있던 게 지킬 너뿐인데 넌 아무 말도 안 하지. 그러면서 위험하다면서 나오지 말라면 누구라도 궁금해 않겠나?"

차이의 말에 지킬은 고개를 저었다.

지킬은 '하이드'가 실험실을 부순 것을 '약물이 폭발해 사고가 있었다.'라 말했지만, 그의 말을 믿어주는 이는 없었다.

그도 그럴 것이 실험실의 상태가 마치 야생동물, 그것도 크기가 엄청난 놈이 침입해 모든 것을 찢어발긴 것 같은 모양새였으니까.

하지만 핵심 연구원이자 치프인 지킬의 말이라 눈감아줄 수밖에 없었다.

지킬이 아무런 말이 없자 차이가 다시 한번 한숨을 쉬며 물어왔다.

"무슨 일인가?"

"아무 일 아니네."

"아니긴."

차이는 들고 있던 커피 두 잔 중 한 잔을 지킬의 앞에 두었다. 그는 커피잔을 내려 보며 '고맙네.' 말한 뒤 말을 이었다.

"그래도 위험한 건 달라지지 않으니 일단 퇴근해. 안정화되면 부르지."

그는 대답 대신 눈을 흘겼고 자신을 바라보는 차이의 눈길에 지킬은 긴 한숨을 내쉬었다.

언제 다시 자신의 속에서 괴물이 튀어나올지 모르는 상황. 자신이 자초한 일이니 자신은 어떻게 되어도 된다.

하지만 차이는 아니다. 수석 연구원인 그가 자신의 손에, 정확히는 '하이드'의 손에 죽기라도 한다면 이 연구는 끝이 나고 말 터.

"다 알고 왔네."

"무슨……?"

"폭발 사고가 아니었지 않나. 다른 이의 눈은 속여도 수석 연구원인 날 속일 수 있을 거라 생각했나? 당장 공식만 보아도 폭발할 구석이 단 하나도 없는데 폭발이라니. 공대생 하나만 데려다 놓아도 코웃음을 칠 일이지."

수석 연구원이자 십수 년을 함께한 동료의 말에 지킬의 눈동자가 흔들렸다. 연구의 진척이 없는 것은 익숙했지만, 자신의 몸, 그리고 연구의 성과가 걸린 일이기에 마음이 조급하던 차였기 때문.

"많은 사람이 장작을 주울수록 불이 높아지는 법일세."

"속담인가?"

"그래. 손이 많을수록 일이 편하다는 뜻이지. 자네 혼자 고민하지 말고 말해 보게나."

주먹이 희어지도록 꽉 쥐었던 지킬은 하, 하는 한숨과 함께 손에 주고 있던 힘을 풀었다. 그리곤 차이를 바라보며 말했다.

"차이. 이건 정말 위험한 일일세."

"PS2-A4 때처럼 회사가 알면 다 잘릴 정도로?"

"훨씬 더."

지킬의 말에 차이의 눈이 흔들렸다. 걱정이나 공포가 아닌, 미지와의 조우로 인한 흥분으로. 그가 빨리 말해보라는 듯 고개를 끄덕였고 결국 지킬은 한숨을 쉬며 컴퓨터를 조작했다.

"CCTV군. 이거 폭발 사고 있던 날 아닌가? 내 이럴 줄 알았지."

지킬은 말없이 재생 버튼을 눌렀고 차이의 미간이 찌푸려졌다.

"맙소사, 지킬. 자기 몸에 실험하는 건 PS2-A4 때 이후로 하지 않기로 하지 않았써? 그때 죽을 뻔한 걸 벌써……."

차이의 말은 끝까지 이어지지 못했다.

지킬이 괴물로 변하고 실험실을 초토화하는 장면이 나왔기 때문. 미간을 찌푸린 그는 지킬이 변하는 장면을 몇 번이나 되돌려 보고서는 지킬을 바라보았고 그의 시선을 받은 지킬이 말했다.

"위험하다는 말, 이해하겠나."

"맙소사. 신이시여"

"그래. 신을 찾을 만하지."

차이는 지킬의 몸을 훑어보더니 말했다.

"인간으로 볼 수 없는 회복력과 괴력…… 거기에 외골격의 변화와 피부의 경화라니. 도대체 뭘 만든 건가?"

"자네도 알지 않나. 인간의 기저에 잠들어 있는 악을 분리해내기 위한 약이었다는 걸."

"……그럼 저게 기저의 악이라는 뜻인가?"

"그렇게 보고 있네."

그의 대답에 차이의 시선이 연구소 한편에 놓여 있는 시약들로 향했다. 그는 시약들로 다가가 앞에 놓인 분석표와 성분표를 훑으며 말했다.

"부작용은 뭔가?"

"기억이 사라지네."

"컨트롤할 수 없다는 건가. 그것 외에 자네 몸은?"

지킬은 쓰고 있던 안경을 내려놓은 뒤 말했다.

"20대처럼 건강해졌다네."

"……시력이 좋아졌다고?"

고개를 끄덕인 지킬은 테이블 위에 있는 키보드의 키캡을 하나 뽑았다. 그리곤 엄지와 검지로 쥔 뒤 힘을 주었고.

빠각!

키보드의 키캡이 박살 났다. 일반적인 사람, 아니, 인간의 힘이라고는 볼 수 없는 근력에 차이의 눈이 화등잔만 하게 커졌고 곧 미간을 찌푸리며 말했다.

"군사 기술인가?"

"아니네."

"만화에 나오는 슈퍼 솔져, 그것과 다를 게 무엇인가?"

그의 말에 지킬은 고개를 저었다.

"통제할 수 없다는 게 다르지. 아까 말했듯, 이 힘의 근간은 '기저의 악'일세. 파괴적 충동밖에 모르는 군인을 누가 쓰겠나."

"그야……."

차이는 뒷말을 잇지 않았다. 대신 눈을 반짝이며 테이블에 놓인 시약들을 바라볼 뿐이었다.

차이, 견자단의 의미심장한 눈길이 화면을 가득 채웠을 때 강찬이 '컷! 오케이!' 하고 외쳤다. 오케이 사인을 받은 견자단은 미소를 지은 채 휴고와 수고했다는 말을 나누었고.

"좋네."

강찬의 입은 귀에 걸려 있었다.

TV, 혹은 스크린에서만 보던 배우들이 자신의 영화를 위해 눈이 부실 정도의 열연을 펼치고 있었다.

그들이 연기할 때마다 머리 위에 있는 발아의 씨앗은 자신을 봐달라는 듯, 빛을 뿜어댔고 강찬은 의식적으로 그것들을 보지 않기 위해 애를 써야 했다.

"좋다 뿐일까, 완벽하지."

강찬과 마찬가지로 미소를 지은 서대호가 엄지를 척 치켜세웠다. 연기 면에서는 따로 말을 덧붙이지 않아도 될 정도로 완벽했다. 하루 촬영 중 NG가 나는 경우를 손에 꼽을 수 있을 정도.

"수고하셨습니다."

"벌써 끝인가요?"

"배우분늘이 잘 해주셔서 생각보다 일찍 끝났네요."

그의 말에 견자단이 하하, 웃으며 답했다.

"시나리오가 좋아서 그렇죠. 이렇게 세세하게 코칭 되어 있는 시나리오는 처음 봅니다."

"그렇죠? 강 감독이 뭘 원하는지 딱 쓰여 있으니까 연기하기가 편해요."

두 배우의 칭찬에 머쓱해진 강찬은 다시 한번 수고했다는 말과 함께 내일 보자는 말을 건넸다.

"그럼 다음 촬영 때 봅시다."

그렇게 두 사람이 돌아갔고 강찬은 필드 모니터에 앉아 오늘 촬영분을 돌려보며 이상을 점검했다.

'너무 좋은데.'

편집이나 보정이 하나도 들어가지 않은 날것 그 자체의 장면이었지만 배우들의 연기만으로도 완벽한 느낌이었다.

오늘 촬영분의 간이 점검이 끝났을 때, 서대호가 그의 어깨에 손을 얹으며 말했다.

"밥이나 먹으러 가자."

"오늘 백 사장님 오시는 날이야."

"아, 오늘이었나?"

강찬이 고개를 끄덕이자 서대호가 아쉽다는 듯 짧게 혀를 찼다.

"오랜만에 술이나 한잔하려고 했더니. 에이, 편집팀이나 도와주러 가야겠다."

"좋은 생각이네."

곧 촬영을 마무리한 강찬은 백중혁과 만나기로 한 식당으로 향했다.

베이지색 양복을 위아래로 차려입은 백중혁은 '나도 저렇게 늙고 싶다.'라는 생각이 들 정도로 멋진 모습이었다.

"몸이 더 좋아지신 것 같습니다."

"자네도 관리 좀 하게나. 자네 허리가 내 허벅지보다 얇은 것 같아."

"그건 아니죠."

강찬이 손사래를 치자 으하하, 하고 웃은 백중혁이 그를 바라보며 말했다.

"얼굴 보기가 힘들구먼."

"제가 다 사장님 돈 벌어다 드리려고 그러는 거 아니겠습니까."

백중혁이 영일 미디어아츠를 나온 이후, 강찬은 백중혁을 사장님이라 부르고 있었다.

"반대 아닌가?"

"에이 설마요."

"이 늙은이를 미국까지 부른 걸 보고도 아니라고?"

강찬을 탓하는 듯 말하지만, 눈이 반짝이는 것까진 숨기지 못했다. 미국까지 부른 이유에 대해 궁금해하는 게 그대로 티가 나는 상황.

강찬이 씩 웃으며 답했다.

"궁금하시죠?"

"그러니 왔지. 무슨 일인가?"

백중혁이 몸을 끌어 테이블에 기대며 물어오자 강찬은 몸을 뒤로 기대며 말했다.

"한국 일은 좀 어떠세요?"

"······흠. 난 맛있는 것부터 먼저 먹는 성격이네만."

"애피타이저부터 먹어야 많이 먹을 수 있잖습니까."

애피타이저가 필요할 정도의 사안이라. 백중혁이 눈을 살짝 흘기더니 팔짱을 끼며 답했다.

"자네도 알지 않나. 자네 영화를 배급하며 얻은 차익으로 다른 영화들도 배급하고 있긴 하네만, 대형 배급사들 때문에 배급 따내기가 쉽지 않네. 뭐 예상은 했다마는."

"제 영화들이 효자네요."

"그럼. 이제 해외 수익까지 들어오고 있어서 꽤 쏠쏠하다네. 다음 분기 배당금 들어오면 깜짝 놀랄 걸세."

'악당'이야 배혜정의 투자금이 들어갔다지만 'TWO BASTARDS'는 거의 강찬의 사비로 제작했다고 보아도 될 정도로 투자의 비율이 높다.

강찬이 얼마나 들어올지 가늠해 보며 미소를 짓자 백중혁이 말을 이었다.

"두 영화 모두 중국과 미국에서 꽤 선전하고 있네. 한국 스코어는 가뿐히 뛰어넘을 것 같아."

"감사합니다."

"내가 자네에게 감사해야지. 이런 영화의 판권을 넘겨줬으니 말일세."

"판권을 드린 건 아닙니다만."

"까다롭기는. 그럼 권리 대행이라 하지."

한국에서의 스코어를 넘어선다는 말을 듣자 문득 궁금해졌다.

'욕망의 수가 실시간으로 오르고 있으려나.'

시차가 다르니 24시간 쉬지 않고 올라갈 수도 있을 터. 잠시 다른 생각을 하던 강찬은 백중혁의 시선을 느끼곤 본론으로 돌아왔다.

"궤도에 오르려면 몇 년이나 걸릴 거라 보십니까?"

"배급사 말인가? 궤도라…… 적어도 5년은 해봐야 결과가 나오지 않겠나."

5년.

그 안에 대형 배급사들의 등쌀을 이겨내고 그 사이에 끼겠다는 말이다. 대기업들의 자본을 등에 업은 그들 사이에 끼어들 수만 있다면 5년이라는 세월도 결코 긴 기간이 아니다.

백중혁 정도 되는 이가 5년이라는 기간을 허투루 말한 것은 아닐 터.

"생각보다 짧네요."

"자네의 성장 폭을 염두에 뒀기 때문일세. 자네가 이대로만 계속 성장하며 영화를 찍고, 우리가 배급할 수만 있다면 5년이 뭔가, 그 안에도 가능할지도 모르지."

대기업의 가장 큰 권력은 돈에서 나온다.

그들의 입장에서 '약간' 손해를 보는 정도로 새싹을 밟아버리려 치면, 새싹은 그들의 발에 실린 돈의 무게에 짓밟히고 만다.

하지만 무게를 버텨낼 만큼의 돈이 있다면? 비슷한 정도는 아니더라도 홀로 나서 밟기에는 거슬릴 정도로 빠르게 성장해 버린다면 그들의 틈바구니에 끼어들 수 있을 것이다.

'아니면 담합을 당하거나.'

백중혁이라면 적어도 쉽게 당하진 않을 것이다. 강찬에게 말하지 않은 그만의 무기도 남아 있을 테고.

물론 강찬 또한 그에게 말하지 않은, 그리고 지금 말하려 하는 강력한 한 방이 남아 있었다.

"궤도 말고, 정상은 어떠십니까?"

강찬의 말에 물로 손을 가져가던 백중혁의 움직임이 멎었다. 그러자 강찬이 말을 이었다.

"한 10년 잡고."

"무슨 수로?"

그는 대답 대신 물을 향해 손을 뻗었고 백중혁은 답답했는지 그를 향해 몸을 기울이며 말했다.

"늙은이 복장 터져 죽는 거 보기 싫으면 어서 말하게나. 무슨 수로?"

백중혁의 닦달에 미소를 지은 강찬은 천천히 물을 삼킨 뒤 입을 열었다.

"앞으로 영화 시장을 어떻게 보십니까?"

"파이가 더욱 커지는 것은 당연하니 이걸 물은 건 아닐 테고…… 어떤 방향을 묻는 건가?"

"접근성에 대한 물음입니다. 지금은 '영화는 극장에서'라는 공식이 있죠."

그의 말에 백중혁이 천천히 고개를 끄덕였다. 2007년. TV에서 방영하는 영화들은 전부 오래된 영화들이다.

극장에서 내려온 뒤, 영화의 판권을 사와 배급하는 데까지 걸리는 시간이 꽤 길기 때문.

"그렇지. 그런데?"

"만약 안방에 앉아 TV 혹은 컴퓨터로 극장에서 개봉 중인 영화를 바로 볼 수 있다면 어떨 것 같으십니까?"

그의 말에 백중혁이 고개를 저었다.

"극장이란 어찌 보면 상징적인 장소네. 큰 스크린과 전문적인 음향기기 등 집에서는 겪을 수 없는 색다른 감독을 주는 곳이지. 그렇기에 자네 말대로 TV나 컴퓨터로 바로바로 영화를 볼 수 있다 한들 극장에 타격이 오진 않을 걸세."

백중혁의 시선 또한 옳다.

어지간한 장비를 구비 하지 않는 이상에야 극장에서 보는 만큼의 '맛'을 낼 순 없으니까.

"극장이 망한다는 뜻이 아닙니다. 시선을 조금 돌려보죠. 극장에 갈 시간이 없는 사람들 혹은 개봉하는 영화를 놓친 사람들. 그리고 극장보다 조금 더 '편하게' 영화를 관람하고 싶은 사람들이 있습니다."

"……그야 그렇지."

원하는 시간에 치킨을 뜯으며 맥주 한 잔을 곁들여 영화를 관람할 수 있다는 것은 굉장히 큰 메리트다.

말 그대로 '편하게' 관람할 수 있는 것.

"제가 집중하는 것은 접근성, 그리고 편리함입니다. 안방에 앉아 TV와 컴퓨터로 영화를 관람하는 시장이 더욱 커지는 것은 당연합니다."

"흠……. 얼추 감이 오는구먼. 자네는 그 시장을 노리겠다?"

"예."

멀티플렉스는 고인 물이다. 어떻게 구제할 방도가 없는 고인 물. 그들만의 카르텔이 형성되어 있으며 상영관 독점이라는 막강한 무기로 천만 영화를 찍어낼 수 있는 이들.

그런 이들을 정면으로 상대하기 위해서 오랜 시간과 많은 돈이 드는 것은 당연한 이치. 여기서 조금 다르게 돌려보면.

"사장님과 저는 대기업 배급사들이 가진 것을 탐내는 이들입니다. 정확히는 그들이 가진 '배급권'과 '상영관'이죠. 하지만 우리에게는 그들이 탐낼 만한 것이 없습니다."

"자네가 있지 않은가?"

"제가 만든 영화가 무기가 될 순 있지만, 흠집을 내어 타협하는 정도지 판세를 뒤집을 정도는 아닙니다."

"타협이 아니라면?"

"그들이 탐낼 만한 것을 쥐고, 우위를 점해야죠."

"그게 방금 자네가 말한 '안방 시장'이다?"

"예."

강찬의 말에 백중혁의 눈에 고민이 서렸다. 안방 시장의 전망이 밝다는 것은 백중혁 또한 동의하는 부분이다.

문제는 규모.

과연 대기업 배급사들의 목덜미가 시릴 정도의 무기가 되어 줄 수 있을 것인가.

그것에 대해 의문이 드는 것은 당연한 것이었고 그의 눈에

서린 고민을 읽은 강찬이 말했다.

"넷플릭스라는 기업이 있습니다."

97년에 설립되었으며 98년부터 서비스를 시작한 회사다. 비디오 대여 사업으로 시작해 DVD를 거쳐 영상물 온라인 스트리밍의 1인자로 거듭나게 되는 기업.

우편으로 DVD를 대여해 주는 사업을 하는 기업이었으나 2007년 스트리밍 사업을 시작하며 궤도에 올랐고 미래에는 스트리밍을 주력 사업으로 삼게 된다.

강찬의 설명을 들은 백중혁은 그림을 그리는 듯 천천히 고개를 끄덕였다.

"손을 잡자?"

"예. 제가 볼 때 넷플릭스는 최소 30배 이상 성장할 수 있는 기업입니다. 아직은 저평가되고 있지만 지금 투자를 하고 손을 잡는다면. 대기업의 목줄을 위협할 수 있는 아주 훌륭한 무기가 되어줄 게 분명합니다."

스트리밍이 궤도에 오른 2008년부터 8년간 증가한 수익률이 2,476%에 달하는 엄청난 성장세를 보이게 될 기업이며 당시 5.67달러였던 주가는 140달러를 넘어서며 30배에 가깝게 폭등하게 된다.

그 이후, 넷플릭스는 승승장구를 거듭하며 전 세계 1위의 스트리밍 기업으로 발돋움하게 된다.

그리고 어느 정도 몸집을 키운 넷플릭스는 자체적으로 영화와 드라마를 제작하기 시작하며 업계에 지각변동을 불러온다.

이런 회사를 강찬의 의도대로 움직일 수 있다면? 전 세계 영화판에 영향력을 끼치는 발판, 아니 칼자루가 되어줄 것이다.

그러기 위한 적기가 바로 지금이다.

넷플릭스가 대기업으로 거듭나기 전, 모두가 '저 회사는 안될 거야.' 하고 생각하는 지금 그들의 원동력이 되어주는 것이다.

만약 강찬의 영화를 넷플릭스에서 동시 상영한다면?

물론 지금 당장은 힘들 것이다. 극장에서 선 개봉을 한 뒤 어느 정도의 시간이 지난 후에야 가능하겠지.

하지만 그것만으로도 충분하다.

지킬 앤 하이드가 흥행하면 흥행할수록 넷플릭스에 실리는 힘은 거대해질 것이고 그들에 대한 강찬의 영향력이 커지게 되는 것이다.

더불어 돈까지 투자한다면 아주 완벽한 그림이 완성된다.

"골자는 훌륭하네만…… 확신이 서질 않는군. 자네 말대로 안방 시장의 확대, 그리고 편리성의 확대는 확실히 셀링 포인트가 있다고 보이네. 하지만 그것 하나가 영화 시장을 주름잡고 있는 배급사들의 목을 쥘 정도의 무기가 될 거라는 생각이 들질 않네."

"투자할 가치는 있다고 생각하시는 겁니까?"

"그렇지. 하지만 자네도 알지 않나? 투자의 기본은 분산일세."

"하이 리스크 하이 리턴이죠. 부담이 클수록 배당 또한 큽니다. 이제 곧 넷플릭스는 폭풍처럼 성장하기 시작할 테고, 그 시기를 놓친다면 손을 댈 수 없을 만큼 커질 겁니다. 그리고 사장님이 감수하실 리스크는 없습니다."

리스크가 없다는 말에 백중혁이 의아하다는 듯 음? 하고 물었다.

"제가 이 이야기를 꺼낸 이유는 투자금액융통을 부탁드리는 게 아닙니다."

미소 띤 강찬의 얼굴을 본 백중혁이 아, 하는 탄성과 함께 고개를 끄덕였다. 단순 자산으로만 따지면 강찬의 자산이 더 많다.

그런 이가 자신에게 투자금을 종용할 이유는 없다. 그렇다면.

"자네 대신 칼자루를 쥐어라……. 라는 것이군."

만약 강찬이 나서서 이 모든 일을 진행하려 한다면 당연히 역풍을 맞을 수밖에 없다. 강찬은 '영화감독'이기 때문.

하지만 백중혁이 전면에 나선다면?

쉽사리 욕부터 할 순 없을 것이다. 한국 영화계에 산 역사나 다름없는 사람이니까. 일단 돌아가는 상황을 보기 시작할 것이고 그들이 손을 쓰려 생각할 때쯤에는.

이미 저지할 수 없을 정도의 속도가 붙어 있을 터.

"넷플릭스라는 회사 자체를 살 필요도 없습니다. 그들의 영향력을 우리의 입맛대로 움직일 수 있을 정도의 장악력. 그거면 충분하죠. 그리고 그 전면에 나서줄, 영화계에 영향력이 있는 분이 필요한 겁니다."

강찬의 말에 눈을 동그랗게 떴던 백중혁은 이내 강찬이 그린 모든 그림이 이해되었는지 으하하하, 하는 호탕한 웃음을 터뜨렸다.

"내게 칼자루를 쥐게 하겠다는 게 아니구먼! 나, 백중혁이를 자네의 칼자루로 쓰겠다는 거였어."

"칼자루보다는……."

마땅한 말이 떠오르지 않은 강찬이 말꼬리를 늘리자 백중혁이 손을 휘휘 저었다.

"포장할 필요 없네. 말이 의미만 전해지면 됐지. 그래, 정리를 해보자면……. 결국, 넷플릭스는 수단이군. 자네 말대로 서른 배 이상 성장한다면 무시할 수 없는 흐름이 될 것이고……. 그쯤이면 자네와 나는 이미 넷플릭스에 어느 정도 영향을 끼치고 있는 상황……. 배급사들은 당연히 나나 자네를 통해 비벼려 할 텐데, 자네는 내 뒤에서 칼자루를 쥐겠다는 것이고……. 내가 맞게 이해한 것인가?"

강찬은 고개를 끄덕였다.

그들을 상대하기 위한 무기, 즉 수단으로 넷플릭스가 필요한 것. 그것을 이해한 백중혁이 웃으며 박수를 쳤다.

"그래서 10년이구먼. 두 가지 일을 동시에 진행해야 하니까. 내가 운영하는 배급사도 키워야 하고, 넷플릭스와 공조 또한 해야 할 터이니."

"그렇습니다."

"놀랍구먼……. 놀라워."

강찬의 말대로 모든 것이 진행될 것이라는 확신은 없다. 하지만 만약 그렇게 되기만 한다면? 어지간한 배급사는 우습게 볼 수 있을 정도의 막대한 영향력을 가질 수 있을 터.

생각을 정리하며 고개를 끄덕이던 백중혁이 강찬을 바라보며 말했다.

"골자는 다 나왔으니 자세한 계획을 말해 보게. 이미 생각해 둔 게 있지?"

그의 말에 고개를 끄덕인 강찬은 물을 한 모금 마신 뒤 이야기를 시작했고 그들의 대화는 늦은 밤까지 이어졌다.

휴고와 멜라니, 견자단 전부 연기에는 도가 튼 이들이었지만 각자가 가진 씨앗은 전부 달랐다. 그리고 지난 한 달간 그들과 함께 영화 촬영을 하며 깨달은 것이 있다.

'씨앗과 줄기, 잎사귀와 꽃봉오리를 가진 것과 발아를 한 것은 다르다.'

간단히 말하자면 발아의 씨앗, 아니 식물들은 '잠들어 있는 상태'다. 강찬의 손길을 통해 잠에서 깨어나야만 그 능력을 제대로 발휘할 수 있는 것.

즉, 발아의 식물의 크기와 형태는 '잠재력'이라는 것이다.

사람마다 재능이 다르듯 발아의 식물들 또한 생김새와 크기가 모두 달랐다. 휴고의 것이 나무와 같은 생김새였다면 멜라니는 아름다운 꽃의 형태였으며 견자단의 것은 산세비에리아처럼 넓적한 형태였다.

지금까지는 씨앗만 보아 와서 모르던 것들이 그 이상의 형태를 지닌 식물을 만나고, 개안의 능력이 생기자 보이기 시작한 것.

'한 명만 더 있었어도.'

만약 강찬처럼 다른 사람을 발아시킬 수 있는 능력자가 있다면 훨씬 편할 것이라는 생각이 들었지만.

'불가능하겠지.'

세상 어딘가, 자신과 같은 기회를 얻어 살아가는 이가 있을지도 모르지만, 만약 그런 이가 있다면 자신의 위치에서 최선

을 다하고 있을 것이다. 그 사람 또한 아무런 대가 없이 돌아
오진 않았을 테니.

'결국, 내가 해야 한다는 거지.'

한 명 한 명을 발아시켜 자신의 사단을 만드는 것. 오랜 시
간이 걸릴 것이다. 하지만 그 시간이 아깝다는 생각은 전혀 들
지 않았다.

지금까지 발아시킨 이들이 보여준, 그리고 보여줄 능력을 알
고 있기 때문.

'시작은……'

현장 스태프들의 능력이 나아진다 해서 영상 자체에 영향을
끼치는 것은 적다. 물론 촬영 치프와 조명 치프는 다르겠지만.

그에 비해 배우들이 발아하는 것은 확실히 효과를 보인다.
당장 연정석의 경우만 봐도 알 수 있듯이.

'일단 배우부터.'

휴고와 견자단, 멜라니와 제임스 다시까지. 네 사람을 후보
에 올렸지만 견자단은 악역으로 이번 편만 찍고 사라질 운명
이었기에 제외되었고 제임스 다시의 발아 식물은 나머지 두 사
람에 비해 작았기에 제외했다.

결국, 남은 것은 휴고와 멜라니. 그 두 사람 중 고민을 하던
강찬은 멜라니를 택했다. 이유는 하나.

'꽃이 보고 싶다.'

그녀가 말을 하고 몸을 움직일 때마다 머리 위에 있는 꽃봉오리 또한 흔들거리며 자태를 뽐냈다.

게다가 연기에 대한 씨앗인지 조금씩 빛을 발하곤 했는데 고혹이라는 단어가 저 움직임을 묘사하기 위해 생겨난 것이 아닐까 하는 생각이 들 정도였다.

꽃봉오리만으로 저렇게 아름다운데 피어난다면 얼마나 아름답겠는가, 그리고 그녀의 연기는 또 얼마나 빛이 날까.

6월 23일.

첫 촬영이 시작되고 한 달하고 이주가 지난 시점. 여느 때와 다를 것 없는 촬영이 이어지고 있었다.

"오케이 컷!"

강찬의 신호로 촬영이 끝나고 배우와 스태프들이 다음 촬영을 위해 준비를 시작했다. 강찬 또한 다음 촬영을 위해 시나리오를 보고 있을 때.

"감독님."

멜라니가 다가와 말을 걸었고 강찬은 쓰고 있던 헤드셋을 벗어 손에 들며 대답했다.

"예."

"저…… 말씀드리고 싶은 게 있는데요."

평소에 자신감 넘치던 그녀의 모습과는 달리 조금은 조심스러운 모습. 그런 표정에 의아함을 느낀 강찬이 들고 있던 헤드폰을 내려놓으며 말했다.

"예. 말씀하세요."

"다음 장면에서 제가 연기하는 캐릭터, '스텔라'가 지킬과 대화하는 장면. 신 넘버 32에서요."

"예."

마침 시나리오를 보고 있던 강찬은 페이지를 넘겨 그녀가 말하는 장면을 펼쳤고 그 모습을 본 멜라니가 조심스럽게 말을 이었다.

"예. 그 장면이요. 그 장면에서 스텔라는 괴로워하는 지킬을 보며 걱정하기만 하잖아요? 스텔라라면 지킬을 보며 걱정하기보다는 해결할 방법을 찾기 위해 움직일 것 같아요."

누구나 그렇지만, 자신의 창작물에 대한 지적을 받는 것을 좋아하는 시나리오 라이터는 없다. 심지어 시나리오를 쓴 이가 메가폰을 잡고 감독일을 하고 있다면.

그의 머릿속에는 이미 시나리오가 영상으로 완성된 상태이기에 다른 변화를 주는 것을 싫어하는 경우가 대부분.

그렇기에 멜라니가 조심스럽게 이야기를 꺼낸 것이었다. 그녀의 말을 들으며 신을 훑던 강찬은 고개를 저었다.

"그건 맞습니다만. 이 장면에서 메인은 지킬입니다. 스텔라가 아니고요. 멜라니의 말대로라면 스텔라의 캐릭터는 확실히 살겠지만, 이 장면에서 지킬이 하는 고민에 관객들이 공감하지 못할 수도 있습니다."

"……아. 그것까진 생각 못 했네요."

멜라니는 그의 말을 이해한 듯 천천히 고개를 끄덕이더니 검지를 들며 말했다.

"그럼 이건 어떨까요?"

"예."

그녀는 지킬의 고민을 가볍게 만들지 않는 선에서 자신의 캐릭터가 살아나는 방법에 관해 이야기하기 시작했고 강찬은 그녀의 의견에 귀를 기울이면서도 멜라니의 머리 위에 있는 꽃봉오리에 시선을 집중했다.

'빛난다.'

지금까지는 간헐적으로 반짝이던 꽃봉오리가 미약하게나마 빛을 뿜고 있었다.

'이건가.'

멜라니는 배우로도 유명하지만, 감독의 재능까지 가진 다재다능한 엔터테이너다. 짧은 일화로 6살 때 첫 대본을 쓴 경험이 있을 정도.

그러니 배우의 시각보다는 감독의 시각에서 영화의 구도를 보는 익숙한 것과 같았다.

일반적인 배우라면 자신의 캐릭터가 어떻다고 말하기보다는 자신이라는 사람 자체가 아름답고 잘 생기게 나오는 것을 원한다.

하지만 멜라니는 달랐다. 자신이 연기하는 캐릭터 자체의 성격을 의논하고 더 몰입할 수 있는 여지를 찾고 있는 것.

'대단하네.'

휴고는 질 좋은 도화지와 같다.

강찬이 의도하는 대로 색을 입히고 글씨를 쓸 수 있으며 나아가 원하는 모양으로 접을 수까지 있다.

멜라니는 대리석과 같다.

모양을 잡기는 힘들지만 한 번 모양이 잡히면 그 어떤 재료보다 아름다운 자태를 자랑하는 대리석.

"어떻게 생각하시나요?"

"좀 더 봐야 알 것 같습니다만. 대충 가닥이 잡히는 게 더 좋은 장면이 나올 것 같긴 합니다."

그의 말에 멜라니는 만족한다는 듯 미소를 지으며 고개를 끄덕였다.

"대본 나오면 바로 보내드리죠."

"감사해요."

인사를 한 멜라니가 자리를 뜨려 할 때, 강찬이 그녀에게 말했다.

"멜라니, 다음에도 이런 의견이 있으면 언제든 말해줘요."

"아, 그래도 될까요?"

"그럼요. 두 개의 눈보다는 더 많은 눈이 있으면 더 많은 게 보이지 않겠어요?"

멜라니는 빠르게 고개를 끄덕이더니 알았다는 대답과 함께 다시 세트장으로 돌아갔다. 그녀의 뒷모습을 바라보던 강찬은 다시 헤드폰을 쓴 뒤 시나리오 한구석에 메모를 적어넣었다.

-멜라니, 시나리오에 관해 이야기를 하며 발아시켜 볼 것.

방법을 찾았으니 이제는 도전해 볼 때. 강찬은 멜라니가 등장하는 모든 신을 체크하며 그녀와 함께 수정해 볼 수 있는 부분을 찾아 나가기 시작했다.

강찬이 멜라니와 대화를 나눈 날의 저녁. 강찬은 스튜디오로 돌아와 오늘의 촬영분을 체크하고 있었다.

그렇게 일을 하다 잠시 휴식을 위해 인터넷을 켠 강찬은 자신에 관한 기사가 나온 것을 발견하곤 읽기 시작했다.

[천재 감독 강찬, 세계를 강타하다.]

그의 영화 '악당'과 'TWO BASTARDS'가 한 달 간격으로 월드 와이드 개봉을 한 지 한 달. 아시아 영화 시장의 큰손 중국에서만 1억 위안 이상의 수익을 올리며 순항중이며 초기 100여 개의 관에서 개봉했지만, 인기에 힘입어 관을 늘리고 영화 상영 기간을 늘리는 등 인기몰이를 하고 있다. 또 중국에 이어 일본 등 아시아권에서 꾸준한 성장세를 보이고 있으며…….

똑똑.

기사를 보고 있던 강찬은 문을 두들기는 소리에 고개를 들며 말했다.

"들어오세요."

그의 말에 문을 열고 들어온 사람은 파라였다. 그녀는 두꺼운 파일철과 서류뭉치, 그 위에 신문까지 들고 들어와 강찬의 테이블에 올려놓았다.

설마 다 봐야 하는 건가 하는 생각에 질린 얼굴이 된 강찬이 그녀를 바라보며 물었다.

"……뭡니까?"

"해외 반응이요."

그제야 안도감이 든 강찬이 맨 위에 놓인 신문을 들며 말했다.

"뭐가 이렇게 많아요."

"그만큼 감독님에 대한 관심이 뜨겁다는 거겠죠?"

서류들의 맨 위에 올려진 신문은 할리우드에서만 판매되는 영화 전문 일간지. 데일리 할리우드였다.

데일리 할리우드의 1면에도 강찬의 얼굴과 그에 대한 기사가 쓰여 있었다.

"여기도 실렸네."

"실릴 만하니까요."

"이러다 타임지에 실리는 거 아닌가 모르겠습니다."

"그거 괜찮은데요? 올해의 인물 선정이 끝났던가?"

강찬의 농담에 진지한 표정으로 고개를 끄덕인 그녀는 수첩을 꺼내 강찬의 말을 메모하기 시작했고 강찬은 헛웃음을 흘렸다.

파라는 발아의 씨앗 세 개를 가진 것을 증명하려는 듯 열심히 일해 보였다.

그녀는 ATM 광고팀의 수장이 되어 밤낮 할 것 없이 전 세계를 돌아다니며 강찬의 이름을 알리는 데에 힘썼고 그 결과가 바로 이 기사들이었다.

"미스터 강은 최연소 1억 불의 사나이가 될 수 있을 것인가……. 혜성처럼 등장한 그는 누구인가……. 그는 과연 유니버셜의 구원 타자가 될 수 있을까?"

헤드라인만 죽 읽어 내리던 파라는 씩 미소를 지으며 강찬과 눈을 맞추었다.

"유니버셜 이름값이 엄청나긴 해요. 내가 발로 뛸 때는 콧방귀도 안 뀌던 사람들이 유니버셜 쪽이 말 몇 마디 했다고 기사 몇백 개를 쏟아내는 걸 보면."

"파라가 기반을 쌓아준 덕이죠."

그녀의 말대로 유니버셜의 입김이 강하긴 했다.

그의 영화가 해외에서 인기를 끌다가 정점을 찍은 순간, 유니버셜의 홍보팀이 움직였으며 그 덕에 전 세계적으로 한날한시에 기사가 터져 나온 것.

강찬의 칭찬에 어깨를 으쓱인 그녀는 서류 뭉치 중 종이 하나를 꺼내 강찬의 테이블 위로 올리며 말했다.

"이번 주 수요일에 TCL 차이니즈 시어터에서 시사회가 있어요."

TCL 차이니즈 시어터라면 1927년 개관한 극장으로서 할리우드 최고의 프리미어 행사장소로 인기 높은 곳이다.

극장의 이름보다 유명한 것은 극장의 앞에 있는 세계적인 스타들의 핸드 그리고 풋 프린트 들, 자필 서명과 짧은 코멘트가 적혀 있는 판들이다.

"7월 4일에 개봉하는 '트랜스포머'라는 영화의 시사회인데.

초대장이 왔거든요."

TCL 차이니즈 시어터라는 이름에 궁금증을 표하던 강찬의 눈이 동그래졌다.

"마이클 베이 감독의 트랜스포머 말입니까?"

"네. 그 작품이요."

"세상에."

손바닥보다 조금 큰 편지봉투를 손에 든 강찬은 조심스럽게 봉투를 열고 내용물을 꺼내보았다.

"진짜네."

"생각보다 더 놀라시네요?"

놀랄 수밖에.

마이클 베이. 그를 탑 영화감독의 자리에 올려놓은 작품은 여러 개가 있지만, 그중 최고는 단연 '트랜스포머'다.

로봇으로 변신하는 자동차.

이 문장 하나만으로 수많은 남성 팬들의 가슴을 뛰게 했으며 '트랜스포머1'은 그들의 기대를 완벽히 만족시켜 준 작품이었으니까.

강찬 또한 생각날 때마나 몇 번이나 돌려본 작품이었으며 강찬 또한 '트랜스포머'에 등장하는 범블비, 그가 변신하는 노란색 스포츠카. 카마로를 드림카로 꿈꾸었던 적이 있었다.

"기대 중인 작품이었거든요."

"하긴, 기대할 만한 감독님의 작품이긴 하죠."

"시사회 측에서 공식적으로 초대한 건가요?"

"예. 뜬소문이긴 한데 마이클 베이 감독이 직접 보고 싶다는 말을 했다는 소문도 있고요."

마이클 베이.

전형적인 할리우드식 블록버스터 정점에 올라 있는 인물이라 보아도 무방한 사람이다.

시각적인 특수효과의 사용. 그중에서도 폭발 신의 사용은 예술의 경지에 올라있으며 촬영감독이 누구든 그의 능력을 극한까지 뽑아내는 카메라의 구도, 워킹과 피사체의 공간감까지. 엄청난 재능을 가진 감독임은 분명하다.

'나쁜 녀석들'과 '더 록' '아마겟돈' '진주만' '아일랜드' 등 주옥같은 영화를 쉴 새 없이 흥행시켰으며 '트랜스포머' 또한 메가히트라 부를 정도로 흥행시킨다.

'……하지만.'

문제는 그다음부터.

폭발만 해도 돈이 된다는 할리우드를 비꼬는 농담이 있다. 그리고 마이클 베이는 그것을 현실로 만들어버렸다.

트랜스포머 2편부터 그 이후 나오는 모든 후속작은 '1편만 한 속편 없다.'란 말을 직접 증명했다.

하지만 평단의 혹평과는 정반대로 수익은 꾸준히 증가했으며 2017년 개봉한 '트랜스포머 : 최후의 기사' 같은 경우에는 2억 달러의 제작비로 5억 달러에 가까운 수익을 뽑아냈다.

물론 정점을 찍은 3편의 경우 11억 달러, 그리고 다른 시리즈들이 7억 달러 이상의 수익을 꾸준히 뽑아내던 것을 생각하면 저조한 성적이긴 하지만 '폭발이면 다 된다.'라는 것을 증명했다는 것에는 변함이 없었다.

"직접 절 보고 싶다고 했다고요?"

"확실하진 않아요."

만약 마이클 베이가 미래를 알게 된다면 어떻게 될까? 이를테면 이번에 그를 만나 '속편을 만들며 당신은 후회를 연속하지만, 10년 동안 4편의 영화를 더 찍게 될 겁니다.'라고 말하는 것이다.

'……그럴 순 없지.'

괜한 오지랖을 부릴 필요는 없다. 고개를 흔들어 잡념을 털어낸 강찬은 파라를 보며 말했다.

"예. 그때 가는 거로 하죠."

"그럼 그렇게 말해두고……. 기사 좀 내야겠네요. 유니버설은 좋겠어요. 감독이 이렇게 유명하면 자연스레 영화도 흥행하게 될 테니."

그녀의 말에 강찬이 씩 웃으며 말했다.

"파라도 좋겠습니다. 이런 사람 하나 있으면 광고하기 편하시니까요."

"하하하, 그건 그렇죠. 감독님 덕분에 편하게 일하고 있네요."

파라가 떠나고 강찬은 초대장을 한 번 더 훑어보았다. 동반한 명까지 입장 가능한 초대장. 강찬은 누구와 함께 갈까를 생각하며 입가에 미소를 지었다.

-……진심인가?

"예."

수화기 건너 백중혁의 목소리가 조금 떨리는 게 느껴졌다. 백전노장인 그지만 할리우드의 중심, TCL 차이니즈 시어터에서 열리는 시사회에 함께 가자는 말에는 흥분을 감추지 못하는 모습이었다.

-다른 배우들이 낫지 않겠는가? 휴고라던가, 멜라니라던가, 견자단 그 친구도 괜찮고.

"아뇨. 사장님과 함께 가는 게 맞습니다."

-맞다라…….

강찬과 투자 이야기를 한 지 한 달이 지난 지금, 백중혁은 한국과 미국을 오가며 넷플릭스와의 관계를 돈독히 하고 있었다.

한국에서의 인지도는 확실한 그지만 해외에서는 그저 한 명의 배급사 사장일 뿐인 그였기에 확실한 주목이 필요하다.

강찬의 영화가 글로벌 오프닝을 마치고 흥행 가도를 달리며 연일 주가를 올리고 있을 때. 즉, 그에게 많은 이목이 집중되어 있는 지금 그와 함께 시사회에 나가게 된다면 당연히 시선이 쏠리기 마련일 터.

"딱 지금이 적기입니다."

-흠……. 자네가 그렇다면야.

"목소리가 들뜨신 것 같은데 말입니다."

-착각일세.

백중혁이 흠흠, 하고 헛기침을 하는 사이 강찬이 말을 이었다.

"그럼 화요일 밤에 도착하시는 걸로 알고 있겠습니다."

-그래. 비행기 예약하고 자세한 일정 잡히면 안 PD 편으로 다시 연락 주겠네.

"예. 그럼 화요일에 뵙겠습니다."

크로마키.

사전적 의미는 두 개의 영상을 합성하는 것이다.

간단히 이야기하자면 배경에 CG를 입히기 위해 세워놓는 초록색 벽을 예로 들 수 있다. 영상 속 배경이 초현실적이거나 마음에 드는 로케이션을 발견하지 못했을 때 CG로 배경을 만들어 넣는 작업을 하는데 여기서 필요한 것이 바로 크로마 키(Chroma key).

'지킬 앤 하이드'에서 지킬 역을 맡은 휴고는 지킬과 하이드를 오가며 인간과 괴물의 모습 두 가지 모두를 연기했다.

그가 하이드를 연기할 때면 온몸에 포인터를 붙이고 회색 타이즈 슈트를 입고선 촬영을 하는데 겉으로 봐서는 희극이 따로 없다.

하지만 휴고뿐만 아니라 그와 연기를 하는 모든 배우는 회색 타이즈 슈트는 눈에 들어오지 않는 듯 아주 자연스러운 연기를 펼치곤 했다.

"대단한 사람들이야."

필드 모니터를 보며 화면 체크를 하던 강찬은 서대호의 말에 천천히 고개를 끄덕였다.

회색 타이즈를 입고, 5x10m의 초록색 벽을 배경으로 두고, 수많은 스태프에게 둘러싸여 연기하는 모습이란.

"오케이 컷! 다음 장면 가겠습니다."

오늘부터 촬영하는 부분은 전투 신이었다. 영상에서는 10분 정도 나올 장면이지만 촬영 기간은 세 달 가량이 걸릴 예정이었다.

하이드, 그러니까 괴물로의 변신이 자유로워진 지킬은 자신의 능력을 숨기려 한다.

하지만 그의 가장 오래된 동료이자 친구, 견자단이 연기한 차이는 지킬이 만든 물약을 군사적 목적으로 활용해 돈을 벌고, 그레이트 아메리카를 실현할 꿈을 꾼다.

지킬은 어떤 부작용이 있을지 모른다는 이유로 극구 반대하지만, 차이는 그를 수면제가 든 커피로 잠재운 뒤 실험실의 모든 자료를 들고 잠적해 버린다.

그리고 얼마 후, 정부 휘하의 실험실이 폭발사고로 전소했다는 소식을 들은 지킬은 차이가 연관되어 있음을 깨닫고 그를 찾으러 가지만.

그곳에는 지킬과는 또 다른 괴물이 되어버린 차이가 있었다. 약물에 의해 선과 악이 나뉜 지킬과는 달리 오로지 악만 남은 차이는 인체실험을 강행하고 차이와 같은 '악'만 남은 괴물들이 늘어나게 되는 것이 초반의 이야기.

오늘 촬영분은 회색 타이즈 슈트 차림의 장정 열두 명과 휴고의 전투, 그리고 지킬이 가진 공식의 비밀이 멜라니에게 있다고 생각하는 차이가 멜라니를 습격하는 장면이었다.

"그럼 멜라니, 그리고 견자단 준비해 주세요."

"넵."

휴고의 신 촬영을 이어갈 때, 미리 준비를 끝내둔 것인지 먼지를 뒤집어쓴 분장을 한 멜라니가 강찬에게 다가왔다.

"벌써 준비 끝나셨어요?"

"예."

근래 시나리오 이야기를 하며 부쩍 친해진 멜라니는 자연스레 강찬의 뒤로 다가오며 말했다.

"다음 장면에서 제가 이렇게 돌면, 차이가 이렇게 돌잖아요."

"그렇죠."

그녀는 세트장을 가리키며 자신의 동선을 말했고 강찬이 고개를 끄덕이자 그녀가 말을 이었다.

"에일리언 같은 공포 영화에서 자주 나오는 연출 아시죠? 그런 식으로 제가 넘어지는 게 아니라 이 책상 뒤로 숨는 건 어때요? 그리고……."

"바스트 따고 페이스 따고 교차 편집하면서 긴장감을 더한다?"

"그거죠."

"괜찮은 생각이긴 한데 제 생각은 조금 달라요. 이 장면에서 관객들은 잡힐까? 도망칠까? 하는 생각을 하면서 멜라니, 아니 스텔라에게 몰입하고 있겠죠? 일부 관객은 이런 생각을 하고 있을 거예요. '오, 또 여자주인공이 잡혀가는 거야? 너무 뻔한 클리셰 아닌가.' 하고요."

"음…… 예."

이번에는 멜라니가 고개를 끄덕였다. 자신 또한 '뻔한 클리셰'라는 생각을 하고 있었으니까. 하지만 이어진 강찬의 말 또한 맞다. 뻔한 클리셰가 된 이유가 있다. 그만큼 잘 먹히는 연출이니까.

"하지만 스토리 전개상 들어가야 하는 장면이니 어쩔 수 없이 들어가긴 해야 해요. 진부하지만 이만큼 극적인 이야기도 없으니. 어쨌거나 전 그런 장면을 오래 끌고 싶지 않습니다. 이 장면에서 긴장감을 더할 순 있겠지만 이미 지루하다고 생각하는 관객들의 생각까지 뒤집을 수 있을 만큼 극적인 카타르시스를 줄 수 있는 장면이 아니니까요."

"아, 그렇게 볼 수도 있겠네요."

"예. 하이드가 전투를 벌이는 장면과 교차편집을 하는 것도 그 이유입니다. 관객들은 하이드가 싸우는 장면에서 느낀 긴장감과 카타르시스를 스텔라와 차이의 추격신에서도 느끼고 있다고 착각하고 두 장면 모두 재미있었다고 생각할 테니까요."

교차편집. 말 그대로 동 시간대에 벌어지고 있는 사건을 교차해서 편집하는 것이다. 두 가지 사건의 분위기를 대비시켜 한쪽을 극적으로 보이게 해주는 효과를 낼 수도 있으며 혹 비슷한 분위기라면 시너지 효과를 일으킬 수도 있다.

강찬의 말이 끝나자 멜라니는 적분의 개념을 처음으로 이해한 학생처럼 눈을 반짝이며 고개를 끄덕였다.

"그러네요. 맞아요. 확실히 그래요."

"이해해 주시니 감사하네요."

"아뇨. 제가 감사해야죠."

그녀는 환하게 웃더니 강찬의 어깨에 손을 얹으며 말을 이었다.

"감독님과 대화하다 보면 항상 제가 보는 것보다 많은 것을 보고 있다는 생각이 들어요."

"전 감독이니까요."

"다른 사람이 말했다면 오만하다고 욕을 해줬을 텐데."

그녀의 말에 강찬이 미소를 짓자 멜라니는 고개를 휘휘 저었다. 그러고는 '그럼 오늘 촬영도 잘 부탁드려요!'라는 말을 남기고선 최종 점검을 위해 분장팀에게 돌아갔다.

'이제 얼마 안 남은 건가.'

멜라니와 영화에 관한 대화를 하다 보면 그녀의 머리 위에 있는 꽃봉오리가 빛을 발한다. 한데 가면 갈수록 빛은 더 밝아지고 있으며 빛을 발하는 빈도가 짧아지고 있었다.

금방이라도 빛의 꽃을 틔울 것 같은 느낌.

그렇게 멜라니를 보고 있을 때, 한국에서 함께 온 A팀의 촬영팀 스태프 한 명이 다가왔다.

"감독님."

"아, 예."

"제가 지금은 촬영팀 스태프로 일하고 있지만, 촬영감독, 조감독을 거쳐 감독이 되는 게 꿈이거든요."

"예."

"일부로 엿들은 건 아닌데 말입니다. 그 교차편집이라는 거 있지 않습니까."

"괜찮습니다. 예."

"그거에 대해 궁금한 게 좀 있는데 여쭤봐도 괜찮을까요?"

그의 물음에 시계를 본 강찬은 다음 촬영까지 20분 정도의 시간이 있는 것을 확인하고서는 고개를 끄덕였다.

"그럼요. 어떤 게 궁금하세요?"

"아, 감사합니다. 그러니까……."

강찬은 스태프의 질문에 천천히 하나씩 대답해 주었고 그는 연신 감사하다는 말과 함께 고개를 끄덕였다.

'나도 잘 하고 있나 보네.'

스태프가 감독에게 스스럼없이 다가와 질문을 할 수 있을 만한 분위기. 이건 누군가 의도적으로 조성하려 한다 해서 쉽게 만들어지는 것이 아니다.

지난 한 달간 동고동락하며 분위기를 만들어 간 것이 이제야 효과를 보는 모양.

"뭘 실실 웃고 있어. 올 스탠바이 사인 떴다."

"벌써?"

"그럼, 누가 조감독인데."

어느새 다가온 서대호가 올 스탠바이를 알렸고 강찬은 곧바로 촬영을 위해 움직이기 시작했다.

촬영과 편집을 하는 사이, 수요일이 왔고 영화 '트랜스포머'의 시사회 날이 되었다.

TCL 차이니즈 시어터.

마치 광장처럼 꾸며진 입구에는 포토월이 세워져 있었으며 검은 정장을 입은 가드들이 입장을 통제하고 있었다.

거기에 촬영을 위해 온 기자들과 구경하고 있는 시민들까지. 인산인해가 딱 어울리는 현장의 입구에 강찬과 백중혁이 탄 리무진이 멈추었다.

"후."

"긴장되세요?"

"그럼. 자네는 괜찮은가?"

"저야 뭐 익숙해서."

강찬이 씩 웃자 그를 보며 너털웃음을 터뜨린 백중혁이 포마드로 빗어 올린 흰 머리를 다시 한번 쓸어 올리며 말했다.

"내리세나."

"예."

강찬이 문을 열고 내리자 플래시 세례가 터졌다. 말이야 익숙하다 했지만 수많은 카메라가 동시에 플래시를 터뜨리는 것은 도무지 익숙해지지 않았다.

카메라 플래시 때문에 찌푸려지려는 얼굴을 간신히 미소로 가린 강찬이 손을 흔들며 내리고 그의 뒤로 백중혁이 따랐다.

레드 카펫을 따라 포토월에 선 두 사람은 서로의 허리에 손을 올린 채 미소를 짓고 손을 흔들며 포토타임을 가진 뒤 극장 안으로 입장했다.

"벌써 기가 빨리는 기분인데."

"사장님도 익숙해지셔야죠. 앞으로 몇 번이고 더 하실 텐데."

"사양하겠네."

대화를 나누며 걷는 사이 입구에 도착한 그들은 가드를 통해 입구로 들어갔고 거기서 한 번 더 기자들과 마주쳤다.

목에 프레스 카드를 멘 기자들이 카메라 대신 수첩을 들고 있는 것을 본 백중혁은 짧게 한숨을 쉬었고, 그사이 기자 중 하나가 강찬에게 다가오며 손을 흔들었다.

"아서?"

"미스터 강!"

아서 맥두인, 인터내셔널 스크린의 기자이자 강찬의 든든한 우군인 그였다. 그는 붉은빛이 도는 갈색 머리를 쓸어 올리며 다가왔다.

"여기서 이렇게 뵙네요. 오랜만입니다."

"하하하, 전 미리 알고 왔죠."

넉살 좋은 웃음을 띤 아서와 인사를 마치자 그의 시선이 백
중혁에게로 향했고 강찬은 두 사람을 서로 소개해 주었다.

"반갑습니다."

"반가워요."

인사를 마친 아서가 강찬을 바라보며 말을 이었다.

"미스터 강 인터뷰 따려고 한 시간을 넘게 기다렸습니다."

"여기서요?"

"예."

아서는 뿌듯한 얼굴로 가슴을 폈고 강찬은 이해가 되지 않
는다는 듯 말했다.

"차라리 인터뷰 신청을 하시면 바로 응했을 텐데요."

"그거랑은 또 다르죠. 시사회장이라는 공간에서 만난 미스
터 강만이 할 수 있는 인터뷰가 있으니까요."

그의 말을 이해한 강찬이 고개를 끄덕이자 아서가 한쪽에
비치된 자리로 그들을 안내했다.

"소문에 의하면, 마이클이 직접 초대를 했다는 말이 있던데
사실인가요?"

"시작부터 본론이군요."

"시간이 없으니까요."

오늘은 강찬을 위한 자리가 아닌 '트랜스포머'의 시사회. 강찬 외에도 수많은 스타와 감독, 그리고 기자들이 올 것이다. 최대한 많은, 그리고 영양가 있는 기사를 뽑아야 하는 그로서는 당연한 것.

고개를 끄덕인 강찬이 답했다.

"소문일 뿐입니다."

"흠······. 긍정도 부정도 아니군요."

"그게 그렇게 되나요?"

"모호하고 자극적일수록 독자들이 상상하기 좋으니까요."

기자치고 참 가감 없는 사람이다. 강찬이 어이가 없다는 듯 웃자 그가 질문을 이어갔다.

"ATM이라는 회사로 영화를 제작하고 페이퍼 컴퍼니를 하나 세워 영화 사업 쪽에 투자를 한다는 소문은 어떻게 생각하십니까?"

"······페이퍼 컴퍼니요?"

"예. 한국에 있는 기업인데 미스터 강의 영화만 배급한다고 하더군요."

하하하, 하고 웃음을 터뜨린 강찬은 백중혁을 가리키며 말했다.

"이분이 그 페이퍼 컴퍼니의 사장이십니다."

"페이퍼 컴퍼니가 아니었습니까?"

그의 질문에 대답한 이는 백중혁이었다. 그는 크흠, 하고 헛기침을 한 뒤 대답했다.

"아닐세. 실체도 있고 상장도 할 회사지."

"오…… 그렇군요. 그렇다면 투자는 사실인가요?"

그의 질문에 백중혁의 시선이 강찬에게로 향했다. '이번에 터뜨릴까?' 하는 물음. 그가 이런 물음을 한다는 것 자체가 어느 정도 진행이 되었으니 다른 사람들이 알아도 상관 없다는 말이나 다름없었다.

여기까지 생각한 강찬이 고개를 끄덕였고.

"그러네."

백중혁이 대답했다. 두 사람 사이 오가는 시선을 보며 묘한 웃음을 지은 아서는 수첩에 무언가를 적어넣더니 물었다.

"페이퍼 컴퍼니에 페이퍼 보스, 그런 게 아니란 말이시죠."

"예."

"알겠습니다. 소중한 시간 내주서서 감사합니다."

인터뷰라기보다는 정보만 빼가는 느낌이었지만 소기 목적은 다 이루었기에 상관없었다.

아서 맥두인 정도 되는 기자라면 방금 강찬과 백중혁에게서 얻은 정보로 그들이 원하는 것을 유추해낼 수 있을 것이고 그럴듯한 기사를 내줄 것이니.

곧 아서가 떠나자 다른 기자들도 하나둘씩 다가와 몇 가지 질문을 했고 강찬과 백중혁은 성심성의껏 대답을 해주었다.

20분 정도 지났을까, 인터뷰하는 사이 휴고가 그들을 지나 쳐가다 발견하고선 밝은 미소를 지으며 다가왔다.

"인터뷰 중인가요?"

"이제 끝났습니다."

"타이밍이 좋았네요."

짧은 인사를 마친 휴고는 안쪽을 가리키며 말했다.

"친구들을 소개해 줄게요. 들어가죠."

휴고의 친구들이라. 자연스레 '트랜스포머'에 출연했던 배우들이 주르륵 떠올랐다. 샘 윗위키 역의 샤이아 라보프, 분노의 질주 시리즈 로먼 피어스 역로 더 유명한 타이레스, 미군 대장 역의 조쉬 더하멜과 뭇사내들의 심장을 들었다 놓은 미카엘라 역의 메간 폭스까지.

"기대되네요."

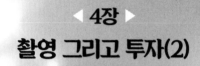

◀ 4장 ▶
촬영 그리고 투자(2)

　백중혁 또한 말은 안 해도 기대되는 얼굴로 휴고의 뒤를 따라 안으로 들어갔다. 프레스 카드를 받은 기자들도 들어올 수 없는 내부.

　이름만 들어도 알 법한 배우와 감독들이 그곳에 있었다.

　"와우."

　지금까지 영화에만 집중하느라 파티 같은 사교 자리에는 참가하지 않았었다. 여러 방면에서 초대장이 오긴 했지만 전부 거절했었는데.

　'진작 올 걸 그랬나.'

　멋지고 아름다운 배우들을 실물로 보는 것만으로 가슴이 뛰었다. 그런 강찬의 시선을 읽은 휴고는 두 사람을 이끌고 테이블 하나로 향했다.

테이블에 앉아 있는 이는 이번 영화의 두 주인공, 샤이아 라보프와 메간 폭스였다. 그들은 휴고가 다가오자 자리에서 일어서며 인사를 했고.

"반갑습니다. 영화감독 강찬입니다."

"조그만 배급사를 운영하고 있는 백중혁이라 하네."

"'트랜스포머'에서 샘 윗위키 역을 맡은 샤이아 라보프입니다. 반갑습니다."

"미카엘라 역의 메간 폭스예요."

2005년 영화인 '콘스탄틴'에서 키아누 리브스의 조수 역을 맡아 인지도가 상승하긴 했지만, 이때만 하더라도 샤이아 라보프는 그렇게 인지도가 있는 배우는 아니었다.

'표절 때문에 은퇴했었지.'

물론 트랜스포머 유니버스에 주연으로 합류한 이후 영화 '디스터비아'와 '이글 아이' 등에 출연하며 주가를 올리긴 했지만 2014년 그가 만든 단편 영화가 표절 시비에 휩싸이고 결국 그 사건으로 인해 은퇴를 선언하게 된다.

물론 다시 돌아오긴 했지만. 사생활 문제 또한 심심하면 경찰서에 가는 정도인지라 친하게 지내고 싶은 생각은 없었다.

메간 폭스 또한 마찬가지.

화려한 외모로 차세대 섹시 아이콘이 될 뻔했으나 여러 가지로 구설수에 오르며 그대로 내려앉은 배우다.

단적인 예로 마이클 베이에게 '히틀러 같은 인간'이라 폭언을 퍼부은 사건이 있다.

머릿속으로 그들에 대한 정보를 정리한 강찬은 생각과 달리 웃는 낯으로 그들을 바라보았다.

"팬입니다."

먼저 손을 내민 이는 샤이아 라보프였다. 강찬이 그의 손을 쥐고 악수를 하며 말을 받았다.

"저도 팬입니다. 콘스탄틴에서 인상적이었어요."

"보셨나요?"

86년생, 이제 막 20살이 된 그가 환하게 웃으며 말을 이었다.

"저도 감독님 영화 다 봤습니다. 정말 재미있던데요? 만약 다음 영화 찍으시면."

그는 말을 끝낸 뒤 윙크를 하며 손을 흔들었고 강찬은 하하, 웃으며 '알겠다.' 대답했다. 그러자 메간 폭스 또한 강찬에게 손을 내밀며 말했다.

"저도 팬이에요."

"진짜요?"

"예. 사실 영화는 안 봤지만. 요즘 할리우드 잡지 중 당신 이름 안 나오는 게 없더라고요."

"하하, 그런가요?"

"저랑 비슷한 나이인데 벌써 두 편의 영화를 흥행시키고 억 단위의 돈을 벌고 있다고 난리던 데요. 그러고 보니 이런 자리는 처음이신가요?"

"예. 일이 좀 바빠서."

강찬이 답하자 그녀가 눈웃음을 지으며 말했다.

"자주 보면 좋겠네요."

트랜스포머가 개봉할 당시만 하더라도 안젤리나 졸리의 뒤를 이을 여전사 캐릭터가 되지 않을까 의견이 지배적이었다.

강찬 또한 그렇게 생각했고. 직접 만나보니 그런 말이 안 나올 수 없을 정도로 매력적인 여성이었고 그만큼 아름다웠다.

"앞으로는 자주 보게 될 겁니다. 이제 여기저기 얼굴 좀 비추고 다닐 생각이거든요."

"그래요? 그럼 언제든 연락해요. 내가 할리우드 선배니까 이것저것 알려줄게요."

메간이 핸드폰을 건네며 말했고 그에 뒤질세라 샤이아 라보프 또한 핸드폰을 내밀었다. 그들의 눈에 깃든 호의가 거짓으로 보이진 않았다.

'새롭네.'

탑스타라 불려도 손색이 없을 이들이 먼저 핸드폰을 내밀고 전화번호를 교환하자 하는 것, 그들이 먼저 팬이라 말을 걸어주는 것, 모든 것이 새롭고 신기했다.

'그래. 인맥 또한 하나의 능력이다.'

유명한 이들과 폭넓게 교우관계를 쌓아두는 것만으로도 언젠가는 도움이 될 터. 앞으로 할 사업들에 있어 입지를 다져두는 효과 또한 있을 것이었다.

강찬이 영화에 집중하는 사이, 내실을 다져줄 백중혁의 입지 또한 키워야 할 차례. 강찬은 잔잔한 미소를 짓고 서 있는 백중혁을 소개하고 그에 대한 이야기를 꺼내며 화제의 중심을 돌렸다.

"제 스승님 같은 분이십니다."

"스승이요? 제다이와 요다 같은 사이인가요?"

"그렇죠."

한순간 요다가 된 백중혁은 어색하게 웃으면서도 연륜을 발휘하며 대화를 끌어나갔고 그렇게 두 사람과 이야기를 이어나갔다.

거기에 휴고의 입담까지 더해지자 시간이 가는 줄 모르고 대화를 이어갔고 시사회가 시작될 때가 될 시간이 다가오자 메간과 샤이아가 아쉽다는 듯 손을 내밀었다.

"다음에 꼭 연락주세요."

"그럼요."

두 사람이 무대 인사를 위해 먼저 일어선 뒤 휴고는 물 한

잔을 마시며 말했다.

"감독은 보이지 않네요."

"마이클 베이 감독이요?"

"예. 그 사람과 강, 두 천재가 만나면 재미있을 것 같았는데 말이죠."

강찬도 조금 기대를 하고 있긴 했지만 아무래도 뜬소문은 뜬소문으로 마무리될 모양이었다. 곧 진행요원들이 시사회의 시작을 알렸고 배우와 감독들은 시사회장인 극장으로 이동했다.

백중혁과 강찬 또한 자리를 옮기려 할 때, 극장의 문이 열리며 전형적인 미국 중년 남성이라는 말이 딱 어울리는 사내 한 명이 걸어 나왔다.

"어, 마이클 베이네요."

그의 얼굴을 알아본 강찬이 백중혁에게 말했고 그는 놀란 얼굴로 마이클 베이를 바라보았다.

"그렇군. 근데 저 사람 이리로 오는 것 같지 않나."

"그러게요."

설마, 하는 생각도 잠시 마이클이 강찬에게 다가오며 눈을 맞추었다. 잰걸음으로 강찬에게 다가온 그는 손목에 차고 있던 시계를 한 번 보며 말했다.

"생각보다 늦었습니다. 예상대로라면 10분 전에는 당신을 만나 이야기를 나눴어야 했는데."

"예?"

"일단 인사부터. 안녕하십니까. 마이클 베이입니다."

얼결에 그가 내민 손과 악수를 한 강찬이 답했다.

"아. 예. 강찬입니다."

"문제가 생기는 바람에 10분 정도…… 늦었다는 건 말했으니 다음 이야기. 당신과 대화를 나눠보고 싶은데 나한테 남은 시간이 1분 정도입니다. 혹시 시사회 끝난 다음에 대화 좀 나눌 수 있겠습니까?"

생각했던 것과는 다른 이미지의 첫 만남에 멍하니 있던 강찬은 빠르게 고개를 끄덕였다. 그때, 마이클을 찾는 스태프 한 명이 달려와 '시간이 없다' 말했고 마이클은 '1분만'이라 말하며 강찬을 바라보았다.

"그럼요."

"좋습니다. 아, 그러고 보니 처음에 해야 할 말을 안 했군요. 시사회에 참여해 주서서 감사합니다. 그럼."

손 한 번 더 흔든 그는 빠른 걸음으로 스태프와 함께 극장 안으로 들어갔다.

"지금 내가 제대로 이해한 게 맞나?"

"그런 것 같은데요."

"마이클 베이가 자네를 보자고."

"예."

"맙소사."

"그러게요. 맙소사. 왜?"

"그럼 그 소문도 사실이라는 뜻인가. 마이클이 자네에게 직접 초대장을 보냈다고."

백중혁 또한 믿기지 않는다는 듯 눈을 껌뻑이며 말했고 강찬은 고개를 끄덕였다.

"진주만, 아일랜드, 더록, 아마겟돈을 제작한 감독, 마이클 베이가 자네를 보자고 했다고? 직접 찾아와서?"

"지금 상황이 꿈이 아니라면야."

"호…… 세상에나."

강찬과 백중혁이 좌석에 앉고 얼마나 지났을까, 본격적인 시사회가 시작되었다.

"반갑습니다. '트랜스포머'의 감독 마이클 베이입니다."

마이클 베이가 마이크를 쥔 채 인사했고 박수갈채가 쏟아졌다.

돌아온 이후, 자신의 시사회만 하다가 다른 이의 시사회에 오니 색다른 기분이 들었다.

"어릴 때 만화로 보던 게 영화가 된다니⋯⋯. 기술의 발전이라는 게 놀랍구먼."

"만화부터 보셨나 봐요?"

"그럼. 사내아이라면 누구나 변신 로봇을 갖고 싶어 하지 않나. 나 또한 그랬네."

아무래도 나이가 있어 변신 로봇이 나오는 영화를 달가워하지 않을 줄 알았는데 편견인 모양이었다.

백중혁 또한 강찬만큼이나 기대감이 서린 얼굴로 시사회전, 배우와 감독들의 인터뷰를 바라보고 있었다.

"블록버스터. 참 매력적인 단어입니다. 블록버스터가 원래는 폭탄의 이름이라는 걸 아십니까? 세계 2차 대전에 영국 공군이 사용하던 4.5톤짜리 거대한 폭탄의 이름이었죠. 이름 그대로 하나의 블록 자체를 날려 버리기 위해 제작된 폭탄이었습니다."

"한 블록 자체를 없애는 폭탄이라니. 생각보다 흉흉한 어원이네요."

"그렇죠? 지금에 와서는 수천 개 극장에서 동시 개봉하고 모든 미디어 매체에서 광고를 하며 감독과 배우들의 인터뷰 등 융단폭격식의 홍보전. 이 모든 것을 한 번에 터뜨린다는 의미 혹은 엄청난 제작비가 들어간 영화를 지칭하는 단어로 사용되고 있지만. 어쨌거나 전 그 단어가 마음에 듭니다. 메가-히트 같은 직설적인 단어가 아닌, 상징적인 의미라서 더욱 그렇고 말입니다."

그는 관객석을 바라보며 말을 이었다.

"'트랜스포머' 또한 블록버스터입니다. 어마어마한 제작비가 들어갔으며 블록버스터의 이름 그대로 몇 개의 블록이 날아가 버리죠. 제가 만든 영화지만 재미있을 것이라 자신하고 '블록버스터'라는 이름에 어울리는 영화가 될 것을 확신합니다. 말은 여기까지 하죠. 그럼 영화의 상영을 시작하겠습니다."

마이클 베이가 마이크를 내려놓자 박수갈채가 쏟아졌고 그가 무대를 내려가자 장내가 어두워지며 영화의 시작을 알렸다.

엔딩 크레딧이 올라갈 때까지 한 마디도 없던 백중혁이 나지막이 말했다.

"재밌네."

"예. 확실히."

터지고 또 터진다. 주인공들은 철저한 관찰자의 시선으로 시작해 이야기의 중심으로 녹아들며 태풍의 눈이 된다. 화려함의 극치를 달리는 CG는 말할 것도 없고 로봇들이 변신하는 장면은 두말할 필요 없이 완벽했다.

이미 몇 번이나 본 작품이지만 스크린에서 다시 보는 것은 색다른 감회를 주었으며.

'로봇이라……'

이런 영화를 제작해 보고 싶다는 생각이 들었다. 물론 향후 10년간은 힘들 것이다. 어떤 영화를 만들더라도 트랜스포머의 아류라는 소리를 들을 수밖에 없을 테니까.

"한 번쯤 제작해 보고 싶은 영화야."

"저도 그 생각 중이었습니다."

"오, 그런가?"

강찬의 말에 백중혁이 눈을 빛냈지만, 그는 고개를 저었다.

"생각만요."

"하긴."

백중혁 또한 강찬과 같은 생각을 한 것인지 짧게 혀를 찼다. 그 사이 엔딩 크레딧이 모두 올라갔고 다시 한번 배우와 감독들이 무대로 올라와 인사를 했고 그렇게 시사회는 막을 내렸다.

'영화는 끝났고……'

영화가 끝나자 시작 전, 마이클이 찾아와서 했던 말이 떠올랐다. 영화가 끝난 뒤 이야기를 나누자던 말.

'왜일까.'

여러 방면으로 생각해 봤지만, 딱히 '이거다' 싶은 시나리오가 떠오르지 않았다. 어차피 고민해 봐야 나오지도 않을 것, 부딪혀보자는 결론에 이를 때쯤, 스태프로 보이는 사내 한 명이 다가와 말했다.

"마이클과 약속 잡으신 두 분 맞으시죠?"

"예."

"이쪽으로 오시죠."

그를 따라 무대 뒤편으로 향하자 대기실이 있었고 그곳에는 '마이클 베이'라는 이름이 적혀 있었다.

"무슨 일로 부른 거로 보이나?"

"글쎄요."

문 앞에 선 스태프가 노크했을 때, 외투를 걸친 마이클이 대기실에서 나오며 말했다.

"식사는 하셨습니까? 안 하셨으면 식사라도 하면서 이야기 나누는 게 좋을 것 같은데. 어떻게 생각하십니까?"

"그러죠."

"그럼 갑시다."

"요즘 할리우드에 제일 핫한 배우가 누구인 줄 압니까?"

만약 2008년이었다면 주저 없이 로버트 다우니 주니어를 꼽았을 것이다. '아이언맨'의 흥행 이후 그의 주가는 고공행진을 넘어서 매년 신기록을 경신하니까.

하지만 지금은 2007년 7월.

"조니 뎁?"

'캐리비안의 해적 : 세상의 끝에서'가 순항을 하고 있는 지금, 시리즈의 주연이자 아이덴티티인 조니 뎁은 다시 한번 할리우드에서 가장 핫한 배우가 되어가고 있었다.

"조니 뎁이라…… 그럼 올랜드 블룸, 키이라 나이틀리는 어떻게 생각하십니까?"

"그들도 충분히 핫한 배우들이죠."

두 사람 모두 '캐리비안의 해적' 시리즈에 나오며 인기몰이를 하고 있는 배우들. 블루칩이라 불러도 손색이 없는, 아니 외려 넘치는 이들이다.

"저도 그렇게 생각합니다. 배우들은 핫한 이들이 많죠. 한 해에 쏟아져 나오는 영화들, 그리고 흥행하는 영화들 안에는 수없이 많은 배우가 등장하니까."

배우는 어제가 다르고 오늘이 다르며 내일 또한 다르다. 그건 영화계에 종사하는 많은 이들이 마찬가지.

배우, 감독, 프로듀서 등 하나의 작품으로 인생을 뒤집을 수도, 인생을 망칠 수도 있다.

깅찬이 고개를 끄덕이는 사이 마이클이 말을 이었다.

"그런데 감독은 다릅니다. '핫한 감독'이라는 타이틀이 붙을 수 있는 이들은 몇 없죠. 제임스 카메론, 스티븐 스필버그, 쿠엔틴 타란티노, 리들리 스콧, 길레르모 델 토로…… 전부 엄청난 사람들이긴 하지만. 몇 작품 이상 쌓여가며 장인, 혹은 거장의 자리에 오르지 '핫하다'라는 말은 붙지 않으니까 말입니다."

영화감독이 한 작품을 대박 터뜨렸다고 해서 몸값이 천정부지로 솟진 않는다. 영화 제작은 엄연히 '창작'의 영역.

하나가 흥행했다 해서 다음 작품이 흥행할 것이라는 보장이 없기 때문. 그렇기에 흥행한 몇 작품의 필모그래피 정도는 가져야 인정을 받게 되기 때문.

"하지만 강, 당신은 다릅니다. 요즘 가장 핫한 감독을 뽑으라면 열 중 아홉은 당신을 꼽을 겁니다."

"좋게 봐주시니 감사하네요."

"제대로 보고 있다는 표현이 좀 더 옳을 것 같습니다만. 서론은 여기까지 하고."

마이클은 테이블에 올리고 있던 팔을 들어 검지로 강찬을 가리키며 말했다.

"당신에게 관심 있는 프로듀서, 그리고 제작사들이 많습니다. 감독이나 배우들 또한 마찬가지죠. 단 두 작품으로 할리우드에 입성하고 유니버셜과의 계약을 따낸 감독이니. 나도 마찬가지입니다. 그래서 이런 자리를 만든 거고……. 물론 좀 더 좋은 자리에서 만나고 싶긴 했습니다만. 강에게 내 영화를 보여주고 싶었거든요."

"저한테요?"

"예. 저열하긴 합니다만. 제 영화에서 영향을 받아 오마쥬한 장면 같은 게 당신 영화에서 나왔으면 좋겠다는 생각에 급하게 자리를 만든 거였습니다."

너무 당당한 고백에 강찬의 입이 살짝 벌어졌다. 백중혁 또한 마찬가지.

"엄청난 자신감이시네요."

"제가 마이클 베이니까요."

넘치는 자신감을 이해할 수 있었다. 그의 말대로 그는 마이클 베이다. 수많은 영화를 흥행시키며 자신만의 영화관을 구축하고 있는 거장 중 하나.

강찬이 너털웃음을 터뜨리자 마이클 또한 씩 웃었다.

"그게 다는 아닐 것 같은데요."

"자신감의 근원이 말입니까?"

"아뇨. 저를 부른 이유요."

자신의 영화를 보여주고 싶은 것이었다면 시사회 이후 따로 자리를 만들 필요가 없다. 지금 강찬의 위치는 '핫한 감독' 그 이상도, 이하도 아니다.

할리우드에서 입지는 좁으며 인맥은 없고 나이는 어리다.

"강이 찍고 있는 영화, '지킬 앤 하이드'가 끝이 아닐 것 같았습니다. 오히려 시작이라면 모를까. 간단히 말하면 잠재력을 보았고 당신은 좋은 감독으로 성장할 것 같았습니다. 그러니 친목이나 도모하자는 의미로."

그의 말에 강찬이 고개를 저었다.

"그것도 본론은 아닐 것 같군요."

"한국인들 성격이 그렇게 급하다고 하던데 사실인 모양입니다."

"반박하진 않겠습니다. 저도 급한 편이니까요."

마이클은 맥주로 목을 축이며 강찬과 눈을 맞추었다. 암청색 눈동자가 재미있다는 듯 흔들거렸고 이내 그의 입이 열렸다.

"아까 말한 것의 연장입니다. 관심이 있는 사람이 굉장히 많습니다."

"그런데요?"

그는 수수께끼를 내는 듯 입을 다물었고 강찬은 의자에 몸을 기댔다.

'관심 있는 사람이 많다라.'

관심의 전부가 호의라면 굉장히 좋겠지만. 그럴 리는 없다. 시기와 질투를 하는 이도 있을 것이고 그의 부진을 바라는 이 또한 있을 것이다.

그런 와중에 마이클이 자신을 불러 직접 할 이야기라면.

"누군가 저를 굉장히 싫어하나 보네요?"

"오…… 역시."

마이클은 짧게 박수를 치더니 말을 이었다.

"라이벌 구단이 있습니다. A 구단은 승승장구로 리그 1위를 노리고 있고, B 구단은 해체를 앞둔 상황입니다. 그냥 라이벌도 아니고 집단 난투극이 벌어질 정도로 앙숙인 두 구단입니다."

뜬금없는 묘사에도 강찬은 집중하며 고개를 끄덕였다.

"그런 두 팀이 맞붙었는데 콜드 게임이 선언되기 직전에 나타난 구원투수가 B 구단을 구원해 버린 상황이라면? 그 구원투수가 아니꼽게 보이는 건 당연하지 않겠습니까?"

"그렇겠죠."

B 구단은 유니버설.

구원투수는 강찬이다.

그렇다면 유니버설이 망해가는 것을 바라는 어떤 제작사. 당연히 할리우드 메이저 제작사 중 한 곳일 터.

그들 중 하나가 유니버설을 삼키려 하는 중 강찬이 들어와 그 작전이 틀어져 가고 있다는 뜻이 된다.

"강이 A 구단주라면 어떻게 할 겁니까?"

"구원투수의 손목이라도 부숴야겠죠."

강의 대답에 마이클이 호, 하는 감탄사와 함께 말을 이었다.

"생각보다 과격하십니다. 하지만 맞는 말입니다. 구원투수가 다시 나오지 못하게, 혹은 그가 활약할 경기 자체를 취소시켜 버릴 수도 있지 않겠습니까."

야구라면 경기를 취소시키는 것은 불가능하겠지만, 이곳은 할리우드이며 경기가 아니라 영화다.

"……그럴 수 있죠."

마이클은 할 말을 마쳤다는 듯 자신의 잔을 한 번에 들이켰다. 그 사이 그의 말을 되짚어본 강찬이 마이클을 바라보며 물었다.

"이걸 알려주시는 이유가 뭡니까?"

"제가 뭘 알려줬습니까? 그냥 어느 구단 이야기를 해준 것뿐인데 말입니다."

한 걸음 물러서 있겠다는 제스처. 고개를 끄덕인 강찬이 다시 물었다.

"구단 이야기에서 교훈을 얻게 되었으니 감사합니다. 그렇다면 이렇게나 감동적인 교훈을 받게 해주신 이유가 뭡니까?"

"강, 당신 참 마음에 듭니다."

마이클은 엄지를 척 세우더니 말을 이었다.

"머리 회전이 참 빠르군요. 영화감독들은 순진한 사람들이 많습니다. 자신의 작품으로만 모든 걸 말하려 하다 망하는 경우도 상당히 많죠. 그런 의미에서 당신은 쉽게 무너지진 않을 것 같군요. 제가 이야기를 한 이유는 간단합니다. 당신이 제작한 영화를 더 많이 보고 싶거든요."

빚을 지워둔다?

그럴 필요는 없다. 그는 감독이니까. 강찬과 함께 공동제작을 할 것이 아니라면. 왜 빚을 지워두려 하는 것일까.

강찬의 얼굴에 의문이 서리자 마이클이 말했다.

"너무 많은 생각은 사람을 피곤하게 하기 마련입니다. 눈앞에 보이는 것만 보며 살아가기도 바쁜 세상 아닙니까?"

뭔가 있을 게 분명하지만 아직은 알 수 없다.

'간단히 생각하면……'

마이클이 말했던 A 구단, 즉 유니버설을 노리는 어떤 제작사와 마이클의 사이가 좋지 않을 수 있다는 생각이 들었다.

혹 사이가 좋지 않은 프로듀서가 강찬을 노리고 있거나.

"그건 그렇죠."

"쉽게 생각합시다."

마이클은 맥주 한 잔을 더 시킨 뒤 짝, 하고 손뼉을 치며 분위기를 환기시켰다.

"그래서 제 영화는 어땠습니까?"

"환상적이었죠. 범블비와 스타스크림의 변신 신은 적어도 10년은 회자 될 겁니다."

"하하하, CG에 돈을 쓴 보람이 있군요."

그 이후 강찬과 마이클, 그리고 백중혁은 '트랜스포머'와 강찬의 영화들에 대해 이야기를 나누며 식사를 이어갔다.

식사를 마친 강찬과 백중혁은 강찬의 숙소로 함께 향했다. 버번 위스키 한 병을 사와 얼음 잔에 따른 백중혁이 먼저 말을 꺼냈다.

"A 구단, 어디일 것 같나?"

"글쎄요. 좀 더 알아봐야 할 것 같습니다만, 일단은 메이저 제작사 중 하나겠죠."

"흠."

"사장님께서는 짚이는 데가 없으십니까?"

"너무 많아 문제지."

"일단 내일 날 밝는 대로 유니버설에 운이나 띄워봐야겠습니다."

"그래. 나도 나대로 알아보겠네."

백중혁과 건배를 한 강찬은 고개를 끄덕인 뒤 말했다.

"스태프를 다 한국인으로 구성한 게 그나마 다행이네요."

"그렇지. 외주를 줬다면 무슨 수를 쓸지 모르니."

메인 스태프의 90%가 한국인으로 되어 있다. 그들이 회유되어 영화를 망치는 짓을 하지 않을 것이라는 보장은 없다.

하지만 아예 영화를 망칠 작정으로 들어온 스태프를 걸러낼 수 있다는 것만으로도 안심은 되는 상황.

"넷플릭스 쪽은 어떻습니까?"

"잘 되고 있네. 자네와 내가 관련되어 있다는 걸 알고 아주 호의적이야."

넷플릭스는 이제 막 스트리밍을 시작한 상황, 하나의 콘텐츠라도 더 확보하는 데에 혈안이 되어 있는 상황.

그런 와중에 강찬이라는 슈퍼 키드를 영입할 수만 있다면 간이라도 내어줄 기세가 되는 게 당연하다.

"한국 진출은 아직 생각이 없는 모양이네만, 내가 직접 퍼블리싱을 하면서 국내에서 조금 오래된 드라마와 영화 판권을 사서 돌리면 어찌 될 것 같기도 하네."

"1년이면 될까요?"

"얼추 그 정도면 되겠지."

판권이야 사자면 바로 살 수 있다. 하지만 그 외의 업무들. 이를테면 인력이라던가 인프라망을 구성하는데 걸리는 시간이 이 정도.

'이게 완성만 된다면……'

근 미래, IPTV라는 것이 보급되며 집에서 TV로 오래된 영화와 드라마, 나아가 예능이나 다큐멘터리까지 결제해서 보는 시스템이 도입된다. 그 시장, 즉 '안방 시장'을 미리 선점해 독점할 수를 미리 두는 것이었다.

그 포문을 강찬의 칼자루인 백중혁이 여는 것이고.

얼추 생각을 정리한 강찬이 고개를 끄덕이자 백중혁이 잔을 내밀었다. 다시 한번 잔을 부딪친 두 사람이 술을 들이켰다.

"사이가 안 좋은 제작사 말인가?"

"예."

질문을 받은 유니버셜의 헤드 디렉터, 안토니 갤리웍스의 미간이 구겨졌다.

"겉으로야 함께 영화계의 발전에 이바지하는 제작사들이라지만 전부가 경쟁사인 만큼 사이가 좋을 리 없지 않겠나."

"특히 안 좋은 제작사는 없습니까?"

"흠…… 뭘 들은 모양이군. 무슨 일인가?"

"일단 제 질문부터 대답해 주시면 감사하겠습니다."

눈을 가늘게 뜬 안토니는 흠…… 하는 침음성을 한 번 더 흘리더니 고개를 저었다.

"자네가 이렇게 찾아올 정도로 안 좋은 회사는 없네. 상도의라는 게 있으니까. 그 전에 제작사들의 자존심이라는 게 있고. 거의 다가 '작품으로 승부한다'라는 마인드지, 일부러 상대 영화를 망치는 그런 짓을 하진 않지."

"그렇군요."

"그럼 자네 차례일세. 무슨 말을 듣고 왔기에 그런 말을 하는 것인가?"

"말씀하신 대로 들은 것뿐입니다. 유니버설과 사이가 좋지 않은 회사가 있다고."

찌푸려진 안토니의 미간은 펴질 기미가 보이지 않았다. 강찬의 대답에도 무언가를 생각하는 듯 허공을 응시하고 있었고 그를 본 강찬이 말을 이었다.

"생각나는 게 있으신 것처럼 보이는데요."

"나도 자네와 같네. 확증이 아닌 생각일 뿐이고."

유니버설의 메인 디렉터인 그가 확증도 없이 말을 꺼낼 순 없을 터, 괜히 소문이라도 돌았다간 자기 얼굴에 먹칠하는 꼴이 될 테니까.

그걸 아는 강찬이 씩 미소를 지으며 말했다.

"그럼 옛날이야기는 어떻습니까?"

"옛날이야기?"

"예. 유니버설의 옛이야기요. 유니버설이 할리우드를 호령하던 시절의 이야기라던가."

'E.T.'와 '죠스'를 만든 스티븐 스필버그와 함께하던 황금기. 그때를 지나 시작된 몰락기까지.

이야기하다 보면 강찬이 원하는, 그리고 안토니가 생각만

하는 누군가의 정보가 나올 터.

강찬의 말뜻을 이해한 안토니가 쓰게 웃으며 말했다.

"능구렁이가 따로 없군."

"칭찬으로 듣겠습니다."

"옛날이야기라……. 오래 걸릴 텐데."

"오늘은 촬영 없습니다."

"그렇다면야."

안토니는 탁자에 올려져 있는 위스키를 꺼내 자신의 잔을 채우며 말했다.

"한잔할 텐가?"

"좋죠."

안토니는 잔을 채우며 이야기를 시작했다.

"내가 유니버셜에 입사할 때가 85년이었네. 한창 유니버셜의 도약기, 그리고 할리우드 전체의 황금기였지."

"일루션즈 게이트라는 회사가 있었네. 지금은 IG라는 이름으로 더 유명하지."

IG라면 할리우드 6대 메이저 회사까진 아니더라도 바로 그 아래 급에 올라있는 회사 중 하나다.

"일루션즈 게이트는 유니버셜의 메인 디렉터 셋이 나가 차린 회사라네. 나간 이유야 뭐 말이 많지만. 내가 알기로는 뜻이 맞지 않았기 때문이었네. 그들이 제작하고 싶어 하던 영화를 제작하지 못하게 했거든. 그때가 딱 자네가 말한 유니버셜의 황금기였지."

그는 위스키로 목을 축이더니 말을 이었다.

"당시 유니버셜에 있던 이들은 전부 그들을 비웃었네. 이런 황금기에 회사를 나가다니. 머리에 총을 맞은 게 분명하다고 말일세. 하지만 세월은 그들의 손을 들어주었네. 유니버셜은 서서히 몰락의 길을 걸었고 일루션즈 게이트는 자네가 알다시피 메이저 영화사로 성장 중이지. 물론 규모의 차이는 여전하지만. 수익성 면에서는 뒤처진 지 오래되었다네."

영화의 수익성은 투자 대비 수익으로 나타낸다.

간단히 말하자면 영화 제작에 투자된 비용에서 얼마를 더 벌었냐는 것인데. 유니버셜의 경우 이름이 있고 투자금의 범위가 넓기에 어떻게든 흑자를 내고 있긴 하지만 그 폭이 크지 않아 몰락의 길을 걷고 있는 반면.

일루션즈 게이트는 적은 투자비용으로 높은 수익성을 내고 그 수익으로 또다시 영화를 제작해 무섭게 치고 올라오고 있는 것.

"그들의 목표는 하나일세. 유니버셜을 사는 것."

"……예?"

"말 그대로일세. 일루션즈 게이트의 아래로 유니버셜을 편입시키는 것이지."

"조 단위의 돈이 필요할 텐데요. 일루션즈 게이트가 그만한 투자자를 구할 수 있을까요?"

강찬의 말에 그가 고개를 저었다.

"영화산업에서 도는 돈 대부분은 부채일세. 그 부채를 떠안을 능력만 있다면야 얼마든 가능하지. 유니버설이 앞으로 5년 정도만 더 부진하다면 충분히 가능한 일일세."

5년.

긴 기간 같지만 유니버설을 삼키는 데 있어 5년이면 짧지 않은 시간이다. 그리고 이 정도로 구체화된 목표가 있다면 오랜 기간 준비해 왔을 터.

"그런데 '다크 유니버스'를 발표해버린 거군요."

"만약 '지킬 앤 하이드'가 월드 와이드 스코어로 5억 불을 넘긴다면 이론상 유니버설은 회생할 수 있네."

"그렇겠죠."

5억 불, 한화로 5천억.

이 돈이 있다고 해서 당장 제작사가 살아나진 않는다. 하지만 '미래'를 살 순 있다. 한 편의 영화가 아닌 시리즈의 시작이고 5억 불 정도로 흥행했다는 것은 그만큼의 팬을 양성했다는 거니까.

게다가 굿즈 산업까지 본다면 그 가치는 5억 불을 훨씬 상회할 터.

이해를 마친 강찬이 고개를 끄덕이는 사이 안토니가 말했다.

"내 이야기는 여기까지일세."

"재미있는 이야기네요."

"재미있다고?"

강찬은 말 대신 고개를 끄덕였다.

일루션즈 게이트, 그들이 강찬을 신경 쓴다는 것 자체가 강찬의 잠재력을 인정한 것이나 다름없다.

유니버셜 픽쳐스에 이어 그를 인정한 제작사가 하나 더 생긴 것. 비록 적이긴 하지만 기분이 나쁘진 않았다.

'하지만 대응은 별개지.'

그들이 헛짓거리하는 것을 포착하는 순간, 먹이를 발견한 맹수처럼 물어뜯을 준비를 해두어야 할 터.

강찬의 눈이 반짝이는 것을 본 안토니는 헛웃음을 흘렸다.

"난 자네가 더 재미있군. 보통 사람들이라면 나에게 방법을 물을 텐데."

"남에게 의지하는 것보다는 남이 저에게 의지하는 걸 더 좋아서 말입니다."

"튀어나온 못은 망치를 맞기 마련이네."

"망치보다 큰 못, 아니 기둥이라면 상관없지 않겠습니까."

강찬의 대답에 하하하하, 하고 크게 웃음을 터뜨린 안토니가 빠르게 고개를 끄덕였다.

"그럼. 그렇지. 누구도 말릴 수 없는 독불장군이 된다면 망치고 뭐고 무슨 소용이 있겠나."

안토니는 마음에 든다는 듯 잔을 들었고 강찬은 그와 잔을 맞추었다.

안토니와 대화를 나눈 강찬은 곧바로 안민영을 호출했다. 그의 사무실로 온 안민영은 무슨 일이냐 물었고 강찬은 마이클에게 들은 말, 그리고 안토니에게 들었던 이야기를 그대로 해주었다.

"그럼 어떻게 하지?"

"그쪽에서 뭔가 액션을 취한 게 아니니까 일단은 조심하는 수밖에 없죠."

"이를테면?"

"영상 파일 백업본을 2차, 3차까지 만들고. 웹이랑 외장 하드에도 넣고……. 다른 일들 진행할 때 만전을 기하는 수밖에."

"그래야지……."

천천히 고개를 끄덕이던 안민영은 무언가 생각났는지 고개를 번쩍 들었고 그 모습을 본 강찬이 물었다.

"뭐 생각나는 거라도 있으세요?"

"그러고 보니까 얼마 전에 시내 로케이션 따러 갔다가 거절된 거 기억나?"

"예. 다른 영화 촬영 일정이랑 겹쳐서 안 될 것 같다고 했었잖아요."

"응. 그거. 그런데 내가 알아본 바로는 다른 영화가 없었거든. 그래서 이상하다고 생각하긴 했는데 시청에서 그렇다니까 그런가 보다 하고 넘어갔는데 그것도 설마 하는 생각이 드네."

안민영은 흐음, 하며 생각을 해보더니 말을 이었다.

"아무리 힘 있는 영화사라지만 시청에 직접 손을 쓸 순 없겠지?"

"담당 직원 한 명쯤 리베이트하는 건 일도 아니겠죠. 이 바닥에서 수십 년을 있던 제작사니까. 또 다른 거 생각나는 건 없으세요?"

"그냥 소소한 것들? 평소라면 별것 아닌데 끼워 맞춰보니까 그럴듯한 것들이 몇 개 생각나긴 하는데."

그들이 직접 벌인 일이라는 것이 밝혀지면 일이 쉽게 풀리겠지만 그 정도로 허술하게 일 처리를 할 리는 없다.

안토니의 말대로 상도의, 그리고 자존심이 걸린 문제니까.

"앞으로 계약할 일 있으면 무조건 녹음하고 상황 되면 녹화까지 하는 방향으로 진행해 주세요."

"응. 윤 PD랑 파라한테도 말해둘게."

현재 강찬의 회사, 올타임 미디어의 임원은 총 넷.

사장인 강찬과 PD 겸 제작 총괄을 맡은 안민영과 윤가람. 그리고 홍보 파트의 파라다. 이들만 조심하면 일이 커지는 것은 어느 정도 방지할 수 있을 터.

"메인 스태프들한테도 말해둘까?"

"아뇨."

"왜?"

"어떻게 보면 기회잖아요. 내부 거름망을 칠 수 있는."

"……리스크가 크지 않을까."

"전 지금 있는 메인 스태프들하고 계속 갈 생각이거든요. 이런 상황이 이번 한 번 만 있을 것도 아니고 앞으로 얼마나 있을지도 모르는데 지금 한 번 거르는 것도 나쁘진 않다고 생각합니다."

영화 한 편을 제작하는 데에는 수많은 스태프가 필요하다. 이들은 전부 각자의 역할이 있으며 특히 메인 스태프 중 한두 명만 빠지더라도 새로운 스태프를 구할 때까지 며칠씩 딜레이 될 수밖에 없다.

며칠이 딜레이 되는 순간 촬영 전체의 일정이 꼬이고 그 모든 것은 제작비의 손해가 되기 마련.

"많이 조심해야겠네."

"예. 혹시 모르니까 파트 별로 서브 스태프들 구해주시고……."

"응."

"CG팀은 어때요?"

"모르지…… 그쪽은 외주를 줄 수밖에 없으니까."

"유니버셜 쪽에서 소개해 준 팀이었나요?"

"아니, 윤 PD가 발로 뛰어 물어온 팀."

"아, 그랬죠."

윤가람 PD가 가슴을 탕탕 치며 할리우드에서 가장 좋은 팀을 싼 가격에 구해왔다고 하던 것이 기억난 강찬이 입술을 깨물었다.

"흠……."

"왜?"

"원래 페이보다 싸게 계약했잖아요, 그 팀."

"그렇지. 아…… 설마 다 진행하다 계약 파기해버리고 그럴 수도 있는 건가?"

"아뇨. 위약금이 엄청나니까 계약 파기까지는 못하겠죠. 우리 보여줄 만한 퀄리티로 몇 개 뽑고 나머지는 대충 해버린다면……."

"끔찍하겠는데."

'지킬 앤 하이드'의 상영 시간 중 40% 이상의 시간에 CG가 사용된다. 배경부터 인물, 지킬 역의 휴고가 하이드로 변신하고 싸우는 장면까지.

그렇기에 윤가람이 거의 한 달 넘게 발품을 팔아 계약한 팀이며 강찬 또한 그들을 만나 이야기를 나눈 적이 있었다.

"그럼 어떡하지? 서브 팀을 구할까?"

"아뇨. 시간 날 때마다 제가 직접 가서 볼게요. 몇 번만 봐도 대충 하는지 아닌지는 사이즈 나오니까."

그의 말에 고개를 끄덕이던 안민영은 이내 고개를 저었다.

"아니지. 그냥 내가 갈게. 작업물 받으면 바로 강 감독 메일로 쏴주면 되는 거잖아? 일하나 안 하나 보고. 내가 CG 작업에 관심이 많다고 둘러대면 되니까."

"아, 그래 주시면 감사하죠."

"응."

현장에서야 모든 것이 강찬의 눈 아래서 돌아가니 바로 캐치를 할 수 있을 것이다. 남은 것은 백업과 CG. 이 두 가지를 해결하자 한 시름이 놓이는 기분이 들었다.

"할리우드는 다를 줄 알았는데. 판이 커져서 그런가 생각보다 흙탕물인데."

"뭐 사람 사는 데가 다 그렇죠."

이후, 강찬은 자잘한 것들에 대해 안민영과 이야기를 나누었고 곧 촬영 시간이 되어 촬영장소로 이동했다.

오늘의 촬영은 이여름과 휴고, 그러니까 '방관자'와 지킬이 처음 만나는 장면이었다. 이여름의 첫 촬영이었기에 강찬은 촬영장에 도착하자마자 이여름을 찾아갔다.

"여름이 준비 끝났니?"

"네!"

평소보다 창백하게 화장을 하고 흰색 머리띠로 이마를 드러낸 이여름은 한여름 공포 영화의 아이 귀신과 같은 얼굴이었다.

"분장 잘됐네."

"맞아요. 저도 거울 보고 놀랐어요."

이여름의 역할은 '방관자'

'다크 유니버스'의 세계관은 괴물들이 세계를 구하는 내용이다. 정확히는 세계를 구하기 위해 움직인다기보다는 내가 살자고 움직이다 보니, 혹은 거슬리는 놈들을 잡다 보니 세계도 구했다지만.

세계관에서 가장 중요한 이는 '지킬 앤 하이드'의 지킬. 다른 괴물들 사이를 조율하며 서로의 유대를 이어주는 존재가 바로 지킬이다.

그리고 그를 '조율자'로 만들어주는 존재가 바로 '방관자'

존재의 기원 자체는 알 수 없지만, 세계의 균형을 위해 움직이는 그런 존재다. 신선들처럼 선문답을 즐기며 개입보다는 방관을 즐기는 존재.

"대본은 다 외웠어?"

"그럼요."

그녀는 흠흠, 하더니 완벽한 영국식 발음으로 대사를 쏟아냈다. 그런 모습에 강찬이 흐뭇하게 웃으며 물었다.

"왜 영국식 발음이야?"

"전에 감독님이 '영국식 발음이 멋지다.'라고 말씀하시지 않으셨어요?"

"그랬나?"

"예."

그렇게 생각하는 것은 맞다. 한국어도 지역마다 사투리가 있듯, 영어 또한 지역권마다, 나라마다 조금씩 억양이 다른데 그중 가장 멋진 발음은 영국식이라 생각한다.

"그래서 영국식 발음을 연습한 거야?"

"네."

"우리 여름이 기특하네."

강찬은 칭찬에 헤헤, 하고 웃는 이여름의 머리를 쓸어준 뒤 말했다.

"연기는 잘 할 수 있을 것 같아?"

"그럼요."

방관자는 대사 대신 분위기로 말하는 캐릭터다. 분위기를 만드는 눈빛과 손짓, 그리고 얼굴의 표정이 무엇보다 중요한 캐릭터.

그렇기에 믿음이 갔다. 애초에 캐릭터를 만들어낼 때부터 이여름을 생각하고 만든 데다가 그녀의 연기는 의심할 필요가 없을 정도니까.

"그럼 시작해 볼까?"

"네!"

함께 촬영장으로 향하자 모든 스태프가 흐뭇한 얼굴로 이여름을 바라보았다. 이래서 촬영장의 마스코트가 필요하다.

곧 세트에 도착하자 강찬은 필드 모니터로 향했고 이여름은 '파이팅!' 하는 응원과 함께 세트로 들어갔다.

세트에서 미리 기다리고 있던 휴고는 이여름과 눈높이를 맞추며 말했다.

"왔니?"

"네."

"오늘 촬영 잘 부탁해."

"저도요!"

이여름은 파이팅 넘치는 얼굴로 고개를 끄덕였고 곧 강찬의 신호와 함께 촬영이 시작되었다. 모든 스태프가 집중하여 촬영하고 있을 때.

강찬은 잠깐 고개를 들어 스태프들을 바라보았다.

'설마 이중에 적이 있을까.'

하는 생각을 하면서.

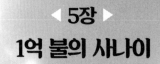

◀ 5장 ▶

1억 불의 사나이

　강찬과 안민영, 그리고 윤가람 세 사람이 CG 팀의 작업실을 찾았다. 할리우드에서도 이름 있는 CG팀, 멘티스 그래픽은 건물 하나를 사무실로 쓰고 있었다.

　"생각보다 번듯하네."

　"나름 기술직이니까요."

　어느 업계든 기술직은 많은 돈을 벌기 마련, 할리우드의 CG 팀 또한 마찬가지다. 그중에서도 최고라 불리는 이들이라면 이 정도 건물을 가진 것은 당연한 일.

　세 사람이 건물로 들어서자 데스크에 있는 안내원이 그들을 맞이했다. 멘티스 그래픽은 몇 개의 CG팀이 모여 만든 회사였고 각자가 다른 영화를 맡아 VFX 즉, 시각효과 작업을 진행하고 있었다.

안내원은 '지킬 앤 하이드'의 VFX 작업을 맡은 2팀에게로 세 사람을 안내해 주었고 CG팀의 수장, 도미니크 카소비츠가 일어서며 인사했다.

"오랜만에 뵙네요."

작업실 내부에는 다섯 명의 사람과 수많은 컴퓨터, 그리고 작업용 기계들이 후끈한 열기를 뿜어내고 있었고 열기를 식히기 위해 에어컨이 쌩쌩 돌고 있었다.

"그런데 어쩐 일로 오신 겁니까?"

"아, 제가 CG 쪽에 관심이 많아서요. 얼마나 진행되었나 궁금하기도 하고."

안민영이 대표로 말하자 도미니크가 고개를 끄덕였다. 2007년, CG 기술직은 블루오션이고 관심을 보이는 사람 또한 많았기에 절로 이해가 된 것이었다.

그렇게 잠깐동안 도미니크와 이야기를 나누고 작업실을 돌아본 세 사람은 '앞으로도 잘 부탁드립니다.' 하는 말과 함께 멘티스 그래픽의 건물을 나섰다.

"아닌 것 같죠?"

"예."

"내 생각도 그래."

윤가람의 말에 강찬이 답했고 안민영이 말을 보탰다. 그들의 작업물 진행 상황이나 퀄리티를 봤을 때 대충하고 있는 건 절대 아니었다. 진행 속도가 빠르다 할 순 없지만, 기초부터 천천히 해나가고 있는 게 보이는 상황.

"그럼 그냥 윤 PD님 수완이 좋았던 거네요."

"하하, 그렇게 되나요?"

윤가람이 멋쩍게 웃자 안민영이 말을 받았다.

"그럼 멘티스 디지털은 패스?"

"그렇게 하죠."

"대타 구해두는 건?"

"어느 팀이 괜찮은지 정도만 알아주시면 감사하겠습니다."

"오케이. 윤 PD, 들었지?"

"넵."

대화를 나누며 차에 탑승하자 윤가람이 자연스럽게 운전석에 앉고 안민영이 보조석에 앉았다.

그리고 강찬이 뒷좌석에 앉자 윤가람이 차를 출발시키며 물었다.

"그럼 바로 촬영장으로 갈까요?"

"예. 부탁드리겠습니다."

"넵."

윤가람의 운전은 부드러웠다. 가만히 앉아 있다 잠이 올 정도. 잠깐 잘까, 생각하던 강찬은 고개를 휘휘 젓고서는 시나리오를 꺼내 들었다.

'오늘 촬영분이…….'

어제에 이어 이여름과 휴고의 장면. 집중하자 촬영을 위한 세트장과 두 배우의 모습이 머릿속에 그려졌고 두 사람의 연기가 펼쳐졌다.

강찬이 시나리오에 푹 빠져 있을 때.

-내가 널 잊을 수 있게~

적막하던 차 안에 벨 소리가 울렸다.

"진주 노래네요?"

"예. 노래가 좋더라고요."

멋쩍게 웃은 윤가람이 핸즈프리로 전화를 받았다. 그는 네, 네, 하다가 미간을 구겼고 그의 얼굴을 보고 있던 강찬은 무언가 잘못되었음을 느꼈다.

곧 그가 전화를 끊자 강찬이 물었다.

"무슨 일 있나요?"

"예…… 촬영 B팀이 단체로 식중독에 걸려서 병원에 입원했답니다. 어제 스시 집에서 회식했는데 그게 문제인 것 같다고 하네요."

"식중독이요? 다들 괜찮답니까?"

"며칠은 쉬어야 할 것 같답니다."

룸미러로 보이는 윤가람, 그리고 안민영의 얼굴이 굳었다.

강찬 또한 마찬가지. 입술을 잘근 씹은 강찬이 안민영에게 말했다.

"촬영 A팀 바로 스탠바이 가능하죠?"

"아마도. 바로 전화해 볼게."

안민영이 전화를 거는 사이, 강찬은 손목시계를 확인했다. 촬영까지 남은 시간은 두 시간여. A팀을 스탠바이할 수 있는 시간은 충분했다.

문제는 B팀의 건강.

"어느 병원이죠?"

"촬영장에서 30분 정도 거리입니다. 차 돌릴까요?"

"예. 일단 병원으로 가서 그분들 괜찮은지 확인하죠."

강찬이 답하자 안민영이 말을 받았다.

"난 여기서 내려줘. 택시 타고 A팀한테 가볼게."

"예."

윤가람이 차를 세우자 안민영이 '조금 있다 연락할게.'라는 말을 남기고 내렸고 윤가람은 병원으로 차를 돌렸다.

무거운 침묵이 내린 차 안, 룸미러를 통해 강찬의 얼굴을 힐끔거리던 윤가람이 말했다.

"아니겠죠?"

"설마요."

갱스터들도 아니고 촬영을 방해하기 위해 식중독에 걸리게 한다니, 말이 되질 않는다. 단순한 사고일터.

게다가 촬영팀은 두 팀이다. 한 팀이 아파서 쉬더라도 다른 팀이 충분히 커버해 줄 수 있는데 굳이 그런 일을 벌일 필요가 없다.

"하긴."

윤가람이 고개를 끄덕이며 운전에 집중하자 강찬 또한 시나리오로 다시 고개를 돌렸지만, 집중이 되지 않았다.

결국, 시나리오를 덮은 강찬이 말했다.

"영화가 잘 되려나 봅니다."

"예?"

"악재가 겹칠수록 영화는 흥행한다 하잖아요? 이러다 귀신도 보고 진짜 월드 와이드 5억불 찍는 거 아닌가 몰라요."

그의 농담에 하하, 하고 짧게 웃은 윤가람은 '그러면 좋겠네요.'라는 말을 한 뒤 다시 운전에 집중했다.

병원에 도착한 강찬은 윤가람과 함께 병실로 올라갔고 파리해진 안색의 스태프들이 누워 있는 모습을 보자 자연스레 안쓰러운 마음이 들었다.

"좀 괜찮으세요?"

"예. 걱정해 주신 덕에."

"죄송합니다."

"아뇨. 죄송할 거 뭐 있나요."

강찬이 웃으며 말하자 B팀 감독이 고개를 숙였다.

"아프면 서러운데 심지어 타지면 얼마나 힘들겠어요. 이왕 이렇게 된 거 푹 쉬세요. 사람이 먼저잖아요."

"감사합니다."

스태프들을 한 명씩 살핀 강찬은 병실 밖으로 나와 의사와 이야기를 나누었고 사나흘 정도는 안정을 취해야 하며 일주일 정도는 쉬는 게 좋을 것이라는 말을 들었다.

강찬은 촬영 B팀 스태프들에게 일주일의 휴가가 생겼음을 말해준 뒤 윤가람과 함께 병원을 나왔다.

"회는 조심해야겠습니다."

"B팀은 한국 돌아갈 때까지 회 안 먹을 것 같은 분위기던 데요."

"저라도 안 먹죠."

강찬과 윤가람이 다시 차에 올랐을 때, 안민영에게 전화가 왔다.

"예, PD님."

-A팀 스탠바이 끝났고 바로 촬영장으로 가고 있어. 병원은 어때?

"의사가 일주일 정도는 쉬어야 한다 하네요. 그래서 그냥 일주일 휴가 줬어요. 그동안은 A팀이 고생해야 할 것 같아요."

-그럼 난 바로 병원으로 가서 돈 문제 해결하고 휴가비로 좀 챙겨줄게. 괜찮지?

"아, 예. 그럼 A팀도 페이 좀 더 챙겨주는 쪽으로 해주세요."

-오케이. 그럼 고생해.

"네. 수고하세요."

전화를 끊자 윤가람이 잘 해결되었냐 물었고 강찬은 고개를 끄덕였다.

"그럼 촬영장으로 가죠."

식중독 사건 이후 촬영은 별 탈 없이 이어졌다.

소소한 사건들, 이를테면 장비가 고장 난다거나 건강상 문제 등, 인재(人災)가 아닌 천재(天災)들뿐.

강찬은 멜라니의 발아를 위해 그녀에게 신경 쓰면서도 다른 배우들, 휴고나 견자단 혹은 제임스의 발아 조건을 알아내기 위해 노력했다.

그러길 한 달, 멜라니를 발아시키진 못했지만, 견자단의 발아 조건은 대충 알 것 같았다.

그는 직접 몸을 쓰며 액션을 펼칠 때 씨앗을 빛내곤 했는데 액션의 강도가 높아지고 신이 길수록 더욱 빛내곤 했다.

'더 늘려야겠는데.'

앞으로 남은 시나리오에서 액션 신의 비중은 30% 정도. 그 안에 견자단을 발아시키고 더욱 나은 액션을 찍을 수 있다면 중국에서의 반응을 더 기대할 수 있을 것이다.

강찬은 액션 장면의 플롯을 전체적으로 수정하며 강도를 높였고, 그러면서 견자단과 대화하는 시간을 조금씩 늘렸다.

견자단의 액션 장면 촬영이 있는 날, 강찬은 조금 일찍 도착해 견자단을 찾았고 그에게 대화를 청했다.

그와 액션에 대해 대화를 나누길 30분여, 견자단이 말했다.

"액션에 대해 관심이 많으신 모양입니다."

"예. 직접 하는 것도 좋아하고요."

강찬이 손을 이리저리 움직이며 액션을 흉내 내자 견자단이 미소를 지었다.

"이 장면에서는 이런 식으로 롱 테이크로 가려 하는데 어떻게 생각하세요?"

"서야 감독님이 원하는 내로 움직이는 배우니까 편하신 내로 하시면 됩니다."

"그래도 견자단이 원하는 신이나 카메라 워킹이 있잖아요? 액션을 좋아하긴 하지만 견자단처럼 경력이 오래된 게 아니라서요."

칭찬은 고래도 춤추게 한다고, 강찬의 칭찬에 견자단은 고개를 끄덕이며 자신의 의견을 말했다.

"그렇다면 카메라도 조금 더 역동적으로 움직이는 건 어떻게 생각하십니까? 중국에서 촬영할 때는 항상 와이드하게 따곤 합니다. 액션을 하는 배우들과 배경을 한 번에 담으면서 말 그대로 '중국식'으로 촬영하는데……"

"그게 별로이신가 보네요."

"그렇습니다."

그의 말에 강찬은 자리에서 일어서 세트로 들어가며 말했다.

"그럼 여기 테이블에서 저쪽 테이블까지, 카메라 워킹은 달리 태워서 쭉 밀면서 하시는 건가요?"

강찬이 일어서자 견자단 또한 세트로 들어와 직접 액션을 선보이며 카메라 위치를 보강하던 그는 아쉬운 눈으로 세트를 바라보았다.

합을 맞춰줄 상대가 있으면 하는 눈빛에 강찬이 씩 웃으며 말했다.

"저랑 한 번 맞춰보실까요?"

"그래 주시겠습니까?"

180이 조금 안 되는 키, 호리호리한 체형이 액션과는 거리가 멀어 보이는 것은 당연한 일. 하지만 견자단은 강찬이 주연으로 출연하고 연출했으며 제작에 감독까지 한 영화, '악당'을 보았고 그가 액션을 어느 정도 한다는 것을 알고 있었다.

그렇기에 반색을 하며 답했고 강찬은 고개를 끄덕였다.

"그럼 여기서 이런 식으로 주먹을 뻗으시면……."

그와 합을 맞추며 액션을 다시 짜길 30분여, 어느새 찾아온 무술 감독이 그들을 보며 눈을 빛내고 있었다.

한참 액션 연습을 하던 두 사람이 잠깐 휴식을 취할 때, 무술 감독이 세트로 들어오며 말했다.

"견자단 배우야 액션을 잘하는 걸 알았습니다만 감독님도 한 가닥 하시네요."

"하하, 감사합니다."

"제가 할 말은 아닙니다만, 카메오 한 번 해보실 생각 없으십니까? 괜찮을 것 같은데."

무술 감독의 제안에 견자단이 고개를 끄덕이며 말을 보탰다.

"'악당'보고 알긴 했지만, 감독님 액션이 어지간한 배우보다 낫긴 합니다."

"배역을 만들 자리가 없어서요."

"정말 잘하십니다. 중국에 무술 전문 배우들보다 나은 수준입니다."

"제 눈에도 그렇습니다."

그야 액션이 2단계까지 발아했으니 어지간한 배우들보단 나을 터. 무술 감독과 견자단의 칭찬에 강찬은 멋쩍게 웃었다.

"이렇게 합을 맞춰드리는 것만으로도 충분합니다."

강찬이 다시 한번 거절하자 견자단은 아쉽다는 듯 말했다.

"보통 감독들이 카메오로 등장한다면 안 좋게 보는데 감독님은 안 하시는 게 아쉬울 정도입니다."

이렇게 합을 맞춰본 이후, 견자단과 무술 감독은 틈만 나면 강찬을 찾아와 다음 장면이 어떻게 되면 더 나을 것 같다는 의견을 피력했고 강찬은 최대한 그들의 의견을 수용하며 촬영을 이어갔다.

그럴수록 견자단의 머리 위에 있는 발아의 식물은 빛을 더했고 곧 발아할 듯 보였다.

'멜라니와 함께 발아하면 좋겠는데.'

그렇게 한 달이 지나 8월 중순이 되었을 때. 백중혁에게서 전화가 왔다.

"예. 강찬입니다."

-잘 지내나?

"그럼요."

-다음 주에 미국에 갈 예정인데, 그때 시간 괜찮겠나?

"당연하죠. 그런데 어쩐 일로 오세요?"

-선물 줄 것도 있고, 볼 일도 있고.

"선물요?"

-그럼 그때 가서 이야기하지, 내 좀 바빠서 말일세. 그럼 다음 주에 보는 거로 알고 있겠네.

할 말을 마친 백중혁은 그대로 전화를 끊었고 강찬은 핸드폰을 바라보며 미간을 찌푸렸다.

'선물?'

8월 19일.

미국에 도착한 백중혁이 강찬의 스튜디오를 찾아왔다.

"오랜만에 뵙습니다."

"자네는 볼 때마다 얼굴이 좋아지는구먼."

"그래요? 배우들은 제 얼굴만 보면 고개를 돌리던데."

"자네가 하도 까탈스러워서 그렇지."

강찬이 어깨를 으쓱이자 백중혁이 말을 이었다.

"그건 그렇고, 촬영은 잘 되어가나?"

"예."

"별다른 일은 없고?"

"그렇죠, 뭐."

촬영장 소품 하나의 위치까지 외우고 다니는 강찬이 파악하지 못했다는 건 정말 별다른 일이 없다는 것.

백중혁이 고개를 끄덕이는 사이 강찬이 말했다.

"그건 그렇고 깜짝 놀랄 소식은 뭡니까?"

"벌써 본론인가."

"오후에 촬영이 있어서요."

"맨날 자기만 바쁘지."

그는 짧게 혀를 차더니 서류가방에서 서류 하나를 꺼내 건
넸다. 의아한 표정의 강찬이 서류를 받아 읽어보았고.

"……1억 불이요?"

"그렇네."

"맙소사."

1억 불, 한화로 일천억 원.

"'악당'이 3천만, 'TWO BASTARDS'가 7천만. 두 영화 합쳐
월드 와이드 스코어 1억 불일세. 축하하네."

어안이 벙벙해진 강찬은 다시 한번 서류를 훑으며 0의 개수
를 세어보았고 이내 입을 떡 벌렸다.

"맙소사."

"그래. 나도 딱 그런 반응이었다네. 맙소사."

물론 일천억 전부가 강찬의 통장으로 들어오진 않는다. 절
반 이상을 현지 극장과 배급사에서 가져갈 것이며 30% 정도만
백중혁의 배급사로 들어올 터.

배급 수수료를 떼어주고 나면 결국 남는 것은 20% 정도지만 그것만 하더라도.

"200억이네."

"그거보다는 좀 많네. 해외 배급까지 직접 한 곳이 많아서 수수료가 좀 적거든. 백만장자가 된 걸 축하하네."

"사장님도 축하드립니다."

"나야 떨어지는 콩고물만 먹고 사는데 어떻게 백만장자라 할 수 있나, 십만 장자면 모를까."

말은 이렇게 해도 입꼬리가 귀에 닿을 정도로 올라가 있었다.

"이 돈이면 다음 영화 제작도 혼자 할 수 있겠는데요."

"다음 영화가 문젠가, 적어도 다섯 편은 돌릴 수 있을 걸세. 게다가 이제 DVD 판매도 시작될 테니 뭐 말은 다 한 셈이지."

"크…… 감사합니다."

"자네가 나한테 고마울 게 뭐 있나, 자네야 아무런 배급사나 잡아버리면 돈을 버는 건데 나에게 맡겨주니 내가 고맙지."

"그럼 그런 거로 하죠."

강찬의 농담에 으허허, 하고 웃음을 터뜨린 백중혁은 미리 준비해 온 샴페인을 꺼내 들었고 그것을 본 강찬이 말했다.

"우리끼리 이럴 게 아니라 파티라도 열어야겠습니다."

"파티라. 좋지. 전에 본 배우들도 초대하는 건가?"

"초대장은 보내봐야죠."

강찬 감독 월드 와이드 1억 불 달성 기념 파티. 이름만 보아도 절로 미소가 지어졌다.

"사장님은 언제까지 계십니까?"

"일주일 정도는 있을 예정이네. 처리해야 할 일도 있고, 휴가도 좀 즐기고."

"그럼 일정 맞춰서 초대장 보내드리겠습니다."

"그리 하게나."

백중혁은 할리우드의 사람들을 만나는 게 기대되는 듯 신이 난 표정으로 샴페인을 땄고 강찬은 잔을 받으며 미소를 지었다.

강찬의 이름이 할리우드에 울려 퍼진지도 거의 1년이 되었다. 하지만 강찬은 외부 활동을 거의 하지 않았기에 그에 대해 알려진 것은 그가 만든 영화 두 편, 그리고 현재 촬영 중인 영화뿐이었다.

그렇기에 팬들, 그리고 그와 교우관계를 다지고 싶어 하는 사람들은 그의 방송 출연을 염원했지만, 강찬은 모든 출연 제의를 거절하며 의도치 않게 신비주의 컨셉을 유지했다.

그러던 도중, 강찬의 영화 두 편이 월드 와이드 수익 1억 불을 달성했다.

강찬의 회사인 ATM의 홈페이지의 첫 화면부터 대문짝만한 배너가 걸렸으며 그와 동시에 여러 매체에서 그의 업적을 알리는 기사가 쏟아져 나왔다.

21살의 나이로 영화감독을 하고 있다는 것 자체는 그다지 신기하지 않다. 이슈가 될 만한 것도 아니고.

하지만 그가 찍은 영화가 전 세계적으로 흥행하고 있는 데다 1억 불의 수익까지 올렸다면? 거기에 다음 작품에 출연하는 배우들의 라인 업이 화려하다 못해 성대하다면?

모든 이의 이목이 집중되는 것은 당연하다. 그런 와중에 강찬이 주최하는 파티가 열렸다. 이 또한 같은 이치로 어마어마한 관심이 쏠리기 시작했다.

'과연 누가 초대장을 받을 것인가.'

'몇 명이나 초대될 것인가.'

하는 이슈들이 기사로 나올 정도.

게다가 영화 홍보차 토크쇼에 나간 휴고가 파티에 대해 말을 했고 그와 동시에 '킹찬 파티'가 인터넷 실시간 검색이 순위에 오르며 일반인들 사이에서도 이슈가 되었다.

"오히려 잘 된 건가."

외부 활동을 하려고 마음먹은 김에 파티도 하려 했던 것이

이 정도로 판이 커질 줄은 몰랐지만 외려 좋다.

이슈가 되면 될수록 강찬이라는 이름이 갖는 네임밸류가 높아질 것이고 그럼 욕망을 채우는 게 더 쉬워질 테니까.

인터넷을 보며 고개를 끄덕이던 강찬은 오랜만에 욕망을 확인하기 위해 정신을 집중했고 곧 그의 눈앞에 반투명한 글귀들이 떠올랐다.

[10,000,000,000명이 돈(욕망)을 지불하고 당신의 영화를 보게 만드세요.]

[관객의 수는 누적됩니다.]

[실패한다면 당신이 얻은 모든 기회가 박탈될 것입니다.]

[현재 욕망을 지불한 사람의 수 : 32,994,312]

[남은 기한 : 20년 2개월 13일]

"와."

삼천 삼백만에 달하는 숫자를 본 강찬의 눈이 동그래졌다. 1억 불 달성을 했다 했을 때 천만 정도는 더 늘었을 것이라고 생각했는데 그 이상이었다.

'아직도 99억 7천만이 남긴 했지만…….'

'지킬 앤 하이드'는 전 세계 동시 개봉을 할 예정. 즉, 가장 큰 시장인 중국과 북미 시장에서 동시에 반응을 보며 흥행 돌풍을 일으킬 수 있다는 뜻이다.

이 정도 성장세라면 다음 영화에서 억은 돌파할 수 있지 않을까, 하는 생각이 먼저 들었다.

'좋아.'

20년, 간단한 산술로 1년에 5억 명씩만 모으면 된다. 게다가 그가 만든 영화는 계속해서 쌓일 테니 점점 더 욕망을 모으기 쉬워질 터.

긍정적인 생각으로 뇌를 가득 채운 강찬은 비현실적인 숫자에 헛웃음을 흘렸고 그때, 그의 핸드폰이 울렸다.

-내가 널 잊을 수 있게~

윤가람에게 물어 여진주의 노래로 벨소리를 설정해두었던 차, 강찬이 고개를 까딱이며 핸드폰을 향해 손을 뻗어 전화를 받았다.

-지금 내려와.

"네."

오늘은 강찬의 1억 불 기념 파티가 있는 날, 안민영이 그를 직접 데리러 온 것이었다. 1층으로 내려가자 어쩐 일로 안민영이 운전대를 잡고 있었다.

강찬은 조수석에 오르며 물었다.

"윤 PD님은요?"

"멘티스 디지털 들렸다가 바로 파티장으로. 그나저나 축하해."

안민영은 뒷좌석에 두었던 꽃다발을 무심하게 그에게 건넸고 그 박력 넘치는 모습에 강찬이 웃음을 터뜨리며 말했다.

"감사합니다."

"그럼 샵으로 간다."

"네."

안민영은 미리 예약해 둔 메이크업 샵으로 강찬을 데리고 갔고 거기서 강찬과 자신의 메이크업을 끝냈다.

강찬의 메이크업이 끝나고 안민영을 기다리고 있을 때, 직원 한 명이 다가와 말했다.

"옷 갈아입으시러 가시죠."

"옷이요?"

"예."

그를 따라가자 정장이 준비되어 있었다. 옷을 갈아입고 벽면에 설치된 거울을 본 강찬은 작게 감탄사를 흘렸다.

"잘 생겼는데?"

한 번에 수십만 원짜리 메이크업에 헤어 스타일링까지 받고 비싼 양복까지 갖춰 입자 꽤 괜찮은 인물이 거울 속에 서 있었다.

매일 청바지에 트레이닝복, 바람막이를 입고 촬영을 다니던 것을 떠올린 강찬은 '좀 더 꾸미고 다녀야겠다.'라는 생각과 함께 방을 나왔고.

"오……"

"오는 무슨."

"아름다우신데요."

"아름답다는 뭔가 나이 많은 사람한테 하는 말 같잖아. 이럴 땐 예쁘다 해야지."

안민영 또한 모든 준비를 마치고 나와 있었는데 그 자태가 말 그대로 아름다웠다. 평소에 쓰던 안경은 렌즈로 대체한 덕인지 눈도 커 보였고 날카로운 콧대가 강조되어 있었다.

조금 달라붙는 원피스를 입었지만, 결점 없는 몸매 또한 뭇 사내들의 눈길을 끌기 충분한 자태였다.

"예쁘십니다."

"고마워. 강 감독도 멋진데?"

"저야 본판이 받쳐주니까."

"……"

표정으로 한 사발 욕을 한 안민영은 '됐고, 가자'는 말과 함께 먼저 밖으로 향했다. 그러자 언제 준비한 건지 운전기사가 있는 리무진이 준비되어 있었다.

"이런 건 언제 준비하셨어요?"

"우리 보스가 안 하니까 나라도 해야지."

매번 감사하다는 말로는 모자랄 정도로 준비를 해주는 안민영에게 다시 한번 감사를 느낀 강찬은 진짜 연봉 협상을 한

번 더 해야겠다는 생각과 함께 차에 올랐고, 두 사람을 태운
차가 파티장으로 향했다.

"휘유."

짧게 휘파람을 분 휴고가 파티장 밖으로 선 줄을 바라보았
다. '분명 초대장만 있으면 들어갈 수 있는 파티장인데 왜 줄이
서 있는 걸까.' 하는 의문에 다가가 보니 줄을 서 있는 이들 대
부분이 목에 카메라를 메고 묵직한 서류가방을 들고 있었다.

'기자들이구나.'

분명 저 서류가방 안에는 노트북이 들어 있을 터. 안민영에
게 듣기로 처음 기획에서는 기자들의 출입이 허락되지 않았으
나 강찬의 마음이 바뀌어 몇몇 영향력 있는 잡지사 그리고 방
송사에 초대장을 보냈다고 했다.

모여 있는 이들은 초대장을 받지 못한 이들일 가능성이 컸
다. 입구에 서서 들어가는 배우와 감독들 등 셀러브리티들의
사진만 찍더라도 기삿거리는 충분히 될 테니까.

초대장이 있는 휴고는 그의 와이프와 함께 정문으로 들어섰
고 그와 동시에 기자들의 카메라가 불을 뿜듯 플래시 라이트
를 터뜨려댔다.

휴고는 익숙한 듯 미소를 지으며 손을 흔들어준 뒤 정문을 통과했고 곧 화려한 실내를 바라보며 다시 한번 휘파람을 불었다.

'강 감독이 이렇게 꾸몄을 리는 없고.'

그와 항상 함께 다니는 안민영 PD의 작품일 가능성이 컸다. 세버린 호텔 그레이트 홀에서 펼쳐지는 파티기에 어느 정도 호화스러울 것이라 생각하긴 했지만, 그 규모가 남달랐다.

"그레이트 홀이 원래 이렇게 화려했나요?"

"아니. 더 꾸민 것 같은데."

벽에는 강찬의 영화 '악당'과 'TWO BASTARDS'의 포스터가 커다랗게 인쇄되어 걸려 있었으며 커다란 스크린에서는 그의 영화의 하이라트를 짜깁기한 영상이 반복 재생되고 있었다.

휴고는 강찬을 찾기 위해 고개를 돌려보았고 이내 사람들이 북적이는 하나의 테이블을 발견했다.

파티의 주인공에게 사람이 몰리는 건 당연하지만, 몰려 있는 사람들의 얼굴을 보니 헛웃음이 절로 나왔다.

유니버셜에서는 자신들이 침 발라놓은 감독이라는 걸 널리 알리려는 건지 아예 안토니 갤리웍스와 헤르무트를 보내 자리에 앉혀두었고 유니버셜이 키운 스타라 불리는 배우들 또한 그들의 주변에 있었다.

유니버설이 이 정도 신경을 썼다는 것은 다른 제작사 또한 마찬가지라는 뜻, 할리우드 6대 메이저 제작사의 디렉터들이 하나둘씩 무리를 지어 돌아다니는 것이 보였으며 그중 넷은 강찬의 무리에 끼어 대화를 나누고 있었다.

수많은 사람의 인파에 질린 휴고는 조금 있다 인사하는 생각과 함께 빈 테이블에 앉았다. 그리고 얼마나 지났을까, 스크린에서 상영되고 있던 하이라이트가 꺼졌고 음악 또한 동시에 꺼졌다.

"신사 숙녀 여러분. 이제 곧 파티가 시작되니 자리로 돌아가 주세요."

조금은 어눌한 영어 발음에 홀에 있던 사람들의 시선이 무대로 향했고 이내 미소를 지었다.

어느 정도 시선이 모였을 때, 마이크를 쥐고 무대에 올라있던 오늘의 사회자가 입을 열었다.

"안녕하세요. 오늘의 사회를 맡게 된 배우, 이여름이에요."

새하얀 원피스를 입은 이여름이 앙증맞게 인사하자 사람들의 입가에 자연스럽게 미소가 번졌다. 그들은 누가 말을 더하지 않더라도 각자의 자리로 이동했고 그제야 풀려난 강찬은 짧게 숨을 몰아쉰 뒤 이여름을 바라보았다.

그때 마침 강찬을 바라본 이여름과 눈이 마주쳤고, 강찬은 입 모양으로 '파이팅'이라 말하며 그녀를 응원했다.

이여름은 가볍게 고개를 끄덕인 후 홀이 정리될 때까지 기다렸고 곧 어수선하던 홀이 차분해졌을 때, 그녀가 말했다.

"감사해요. 그럼 이제 파티를 시작해 볼까요?"

그녀의 말에 환하던 홀의 조명이 하나씩 하나씩 천천히 꺼졌고 곧 그녀를 비추는 핀포인트만 남았을 때, 이여름의 뒤에 있던 스크린이 다시 켜지며 파티의 시작을 알렸다.

유일한 불빛인 스크린에는 '악당(VILLAIN) OST - HERO'라는 하얀 글귀가 떠올랐고 곧 악당의 OST, HERO의 전주가 흘러나왔다.

이번 파티를 계획하고 진두지휘한 이는 안민영이었기에 강찬 또한 어떻게 진행될지 모르는 상황. 기대 어린 눈으로 무대 위를 올려다보았다.

전주가 끝나갈 무렵, 마이크를 든 이여름에게로 핀 포인트가 떨어졌고 그녀가 노래를 부르기 시작했다.

원곡과는 조금 다른 청아한 느낌의 시작에 강찬을 비롯한 모든 관객이 숨을 죽인 채 그녀의 노래에 집중했다.

"you have a mercy……."

라이커넥트 뮤직에서 컨택이 올 정도로 깔끔한 목소리, 그리고 12살이라고 믿기지 않는 무대 장악력까지. 그녀를 바라보는 영화계 인사들은 자기도 모르게 빠져들었고 어느새 홀 안에는 숨 쉬는 소리조차 들리지 않았다.

그렇게 1절이 끝나고 템포가 바뀐 순간, 흰 원피스를 입고 있던 이여름이 한 걸음 뒤로 물러서며 무대의 한구석을 가리 켰다.

모두의 시선이 그녀의 손끝으로 향했고 그곳에는.

"에일렌?"

상상치도 못한 인물의 등장에 강찬이 멍한 얼굴로 에일렌을 바라보았다. 그녀는 이런 큰 무대에 서는 것이 처음일 것이 분 명한데도 미소 띤 얼굴로 무대 가운데로 걸어 나왔다.

HERO의 원작자인 그녀가 등장하자 에일렌을 모르는 이들 이 '누구지?' 하는 소리를 내며 수군거렸다.

하지만 빠른 템포의 2절이 시작된 순간, 모든 이의 얼굴에 이여름 때와는 다른 충격이 깃들었다.

이여름이 청아하고 차분하면서도 호소력을 가진 목소리였 다면 에일렌은 기관차였다. 방금 들었던 노래를 머릿속에서 지워 버리겠다는 듯 엄청난 성량과 고음, 그리고 전보다 한 걸 음 나아간 노래 솜씨로 관객들의 뇌리를 파고들었다.

"your my hero!"

마지막 가사와 함께 3분여 남짓한 짧은 노래가 끝났고 그와 동시에 사방에서 박수 세례가 쏟아져 나왔다.

몇몇 이들은 감동한 것인지 자리에서 일어서서 손뼉을 치고 있었다. 강찬 또한 일어서서 박수를 쳤고 한바탕 박수가 끝났을 때.

"안녕하세요, 에일렌이에요."

이여름과 함께 무대에 선 에일렌이 인사를 했고 다시 한번 환호와 휘파람이 홀을 가득 채웠다. 마치 콘서트와 같은 느낌.

"오늘의 주인공은 제가 아니라 다른 분인데 어쩌다 보니 제가 주인공이 된 것 같네요. 그럼 이제 주인공을 모셔야겠죠?"

그녀의 말과 함께 두 여자를 비추고 있던 스포트라이트가 움직여 강찬의 테이블을 비추었다. 앉아 있던 강찬이 어정쩡하게 자리에서 일어서자 다시 한번 박수가 쏟아졌고, 그사이 강찬은 무대로 향했다.

"오랜만에 뵙네요."

"예. 그사이 노래 실력이 더 느셨던데요."

"감사해요."

짧게 인사를 나누는 사이 강찬은 스태프가 건넨 마이크를 쥐고 홀을 향해 섰다.

"안녕하십니까. 강찬입니다."

말 한마디가 끝날 때마다 이어지는 환호에 강찬의 얼굴에 미소가 번졌다. 홀에 있는 이들은 대부분이 톱스티리는 말이 어울리는 이들이었다.

머리에 피어 있는 발아의 식물들이 뿜는 빛은 스포트라이트보다 눈이 부셨고 그런 이들이 치는 박수의 묘한 감정이 가

습 속에서 싹텄다.

"환호 감사합니다. 이름, 아니 얼굴만 보이더라도 파파라치들이 달려들 만한 분들이 이렇게 초대에 응해주실 거라곤 생각 못 했는데……. 다시 한번 감사드립니다."

고개 숙여 인사한 강찬이 말을 이었다.

"어떤 목적이 있는 자리라기보다는 말 그대로 파티, 교류하기 위한 자리이니 오신 분들 모두 편하게 즐겨주시길 바랍니다. 감사합니다."

강찬의 말이 끝나자 홀의 불이 하나씩 차례차례 들어오며 홀을 비추었고 본격적인 파티가 시작되었다.

에일렌과 이여름 두 사람과 함께 무대를 내려와 테이블로 향한 강찬이 안민영을 보고 말했다.

"에일렌은 정말 생각도 못 했습니다. 이러다 진주도 나오는 거 아닌가 몰라요."

"어떻게 알았어?"

"……진짜요?"

강찬이 자리에 앉은 순간, 다시 한번 노래가 흘러나오며 무대 위로 다섯 명의 소녀가 뛰어나왔다.

"맙소사."

여진주가 속해 있는 그룹, VOV가 무대에 올라 노래를 준비하고 있었다. 또 다른 가수의 등장에 게스트들의 시선이 집중되었고 다시 한번 공연이 펼쳐졌다.

그들의 무대를 보던 강찬이 안민영에게 물었다.

"이래도 돼요?"

"뭐 어때, 어차피 강 감독 축하 파티인데 게스트 부르는 건 우리 마음이지. 이 기회에 에일렌 씨나 진주 씨 이름도 좀 알리고."

할리우드에 수많은 셀러브리티들이 모여 있는 자리, 이런 자리에서 공연을 한 번 하는 것만으로 수많은 매체의 관심을 받게 될 것이며 그 광고 효과는 돈으로 따지기 힘들 정도일 것이다.

잠깐 생각을 하던 강찬은 안민영을 슥 바라보며 물었다.

"얼마나 받았어요?"

"뭘?"

"에일렌 회사랑 진주네 회사, 이런 자리에 올려준다면 리베이트 장난 없었을 것 같은데."

그의 말에 안민영은 대답 대신 미소로 화답했고 강찬은 헛웃음을 흘렸다.

"대단한 분이라니까."

"이제야 알아주네."

'리베이트는 알아서'라고 말했다지만 이런 식으로 대놓고 나올 줄이야. 강찬의 사람들이 성장할 기회인 윈-윈 게임이니 상관이 없긴 했지만 웃음이 나는 것까진 어쩔 수 없었다.

3곡의 노래를 연속으로 부른 VOV는 간단한 소개를 한 뒤 무대를 내려갔고 그 뒤로는 잔잔한 음악이 흘렀다.

그 사이 무대에서 내려온 여진주가 강찬에게 다가왔다.

"오랜만이네."

"응."

몇 달 못 본 사이 여진주는 더욱 예뻐져 있었다. 격한 무대를 마친 뒤 이마에 맺힌 땀까지 매력적으로 보일 정도로.

강찬은 손수건과 물을 건네며 말을 이었다.

"더 예뻐진 거 같은데."

"고마워요."

"앉자."

자리에 앉자 여진주가 강찬에게 말했다.

"1억 불 축하드려요."

"고마워."

강찬이 미소를 짓자 여진주가 테이블에 올려진 강찬의 손에 손을 얹으며 말했다.

"오빠가 직접 초대한 거라면서요? 우리 회사 완전 난리 났어요. 스케줄 있던 거 다 취소하고 바로 미국행 비행기 타고 날아왔다니까요. 고마워요."

강찬의 시선이 자연스레 안민영에게 향했고 그녀는 어깨를 으쓱인 뒤 샴페인이 담긴 잔을 들고 다른 테이블로 떠났다.

"어…… 그렇지. 비행기는 편했어?"

"그럼요. 오빠가 퍼스트 클래스까지 준비해 주셨는데 안 편하면 안 되지."

강찬은 안민영에게 다시 돌아가려는 시선을 간신히 붙잡으며 미소를 지었다.

'퍼스트 클래스를 준비해 줄 정도면 도대체 리베이트를 얼마나 받은 거야.'

혹은 리베이트로 받은 비용을 전부 그쪽에 썼을 수도 있겠다는 생각이 드는 것도 잠시, 강찬은 오랜만에 만난 여진주와의 대화에 집중하기로 마음먹었다.

그렇게 해후를 나누는 사이 게스트들이 하나둘씩 강찬의 자리로 찾아와 인사를 건넸다. 이여름에게 관심을 보이는 이, 에일렌에게 관심을 보이는 이, 여진주에게 관심을 보이는 이, 거기에 강찬까지.

네 사람에게 관심을 보이는 이들 덕분에 강찬의 테이블은 북새통을 이루었고 마치 먹이를 노리는 하이에나들처럼 어떻게든 대화의 틈을 비집고 들어와 이야기를 이어갔다.

'트랜스포머' 시사회 때 안면을 익혔던 배우와 감독들노 있었으며 처음 보지만 이름과 얼굴을 아는 배우와 감독들 또한 있었다.

대화라기보다는 기자회견 같은 느낌에 강찬이 지쳐갈 무렵,

스태프가 찾아와 다음 프로그램의 진행을 위해 무대에 올라야 한다 말했다.

강찬은 한 줄기 여명이 자신을 비추는 듯한 기분에 미소를 지으며 주변 이들에게 양해를 구했고 곧 무대에 올랐다.

그러자 언제 준비한 것인지 두 개의 의자가 놓여 있었고 큐카드를 든 휴고가 자리에 앉아 있었다.

"반갑습니다."

"매일 보는 사이지만 이런 자리에서 뵈니 또 반갑네요."

강찬의 말에 씩 웃은 휴고는 고개를 끄덕이더니 홀 쪽을 바라보며 말했다.

"안녕하세요. 강찬 감독의 인터뷰를 진행하게 된 사람이자, 이번 영화 '지킬 앤 하이드'에서 지킬 박사와 괴물 하이드 역을 맡게 된 휴고 위빙입니다."

그가 인사하는 사이 강찬의 테이블 주변에 모여 있던 이들이 각자의 자리로 돌아갔고 곧 인터뷰가 시작되었다.

"월드 와이드 스코어 1억 불 달성하신 소감이 어떠신가요?"

"죽이죠."

강찬의 말에 홀에서 웃음이 터져 나왔다. 사회를 보고 있던 휴고 또한 마찬가지. 웃음을 흘린 그가 말을 이었다.

"하하하, 솔직하시네요. 최연소죠?"

"그렇다고 들었습니다."

"어린 나이에, 아무런 배경도 없이 이 자리까지 올라왔다는
게 믿기 힘드네요. 어지간한 집안의 자식들도 미스터 강의 나
이에 그렇게 성공하긴 힘든데 말이죠. 그래서 궁금한 게 있습
니다. 비결이 뭡니까?"

"식상한 대답은 하고 싶지 않지만…… 식상한 대답밖에 떠
오르지 않네요. 포기하는 방법입니다."

"포기요."

"예. 제가 좋아하는 노래 중에 이런 가사가 있습니다. '너의
꿈과 미래를 위해 무엇을 포기했니?' 하는 가사죠. 저는 꿈과
미래를 위해 모든 것을 포기했습니다. 그러니까 모든 것을 얻
게 되더군요."

"포기라…… 전혀 식상하지 않은데요? 어떻게 보면 선택과
집중이라고도 할 수 있겠군요."

"그렇죠. 노는 것, 자는 것, 먹는 것, 돈을 쓰고 누군가를 만
나는 것. 기타 등등……. 오로지 영화를 위해 노력 하나 남기
고 전부를 포기했던 것 같습니다."

그의 말에 휴고가 천천히 고개를 끄덕였다.

"그건 저도 잘 알죠. 이 사람이 과연 스무 살의 젊은이가 맞
나 싶을 정도로 영화에만 집중하더라고요. 미스터 강은 취미
가 있긴 한가요?"

"시나리오를 쓰고 영상을 편집하고 영화를 촬영하고…….

이런 게 제 취미이자 특기가 아닐까 싶습니다."

"참……. 재수 없는 발언이네요."

휴고가 윙크하며 말하자 다시 한번 웃음이 터져 나왔다.

"그래서 더 멋진 것 같아요. 재능이 있는 천재가 노력까지 하니 성공하지 않고 배길 수 있겠어요?"

"과찬이십니다."

"미스터 강의 겸손한 타이밍은 종잡을 수가 없군요. 이번에는 게스트가 질문할 차례입니다."

휴고는 몇 번 해본 적이 있는 듯 능숙하게 사회를 보았고 화기애애한 분위기 속에서 파티가 이어졌다.

파티 다음 날.

할리우드 교외, 강찬의 스튜디오에 안민영과 파라, 그리고 강찬이 모였다.

"난리가 났네."

"그러게요."

한국의 인터넷과 미국의 인터넷, 두 개를 동시에 보던 세 사람은 각기 다른 표정으로 모니터를 바라보고 있었다.

"VOV 리더 여진주, 할리우드 감독 강찬과의 열애?"

말을 마친 안민영이 모니터를 슥 돌려 강찬을 보여주었다. 모니터에는 강찬의 손에 손을 얹은 채 꿀이 떨어지는 눈으로 강찬을 바라보고 있는 여진주가 찍혀 있었다.

"에일렌 씨에 진주 씨, 거기에 여름이에 네 기사까지. 한국 완전 난리 났다."

"ATM 홈페이지도 폭주에요. 전에 서버 증설까지 했는데도 트래픽 터지기 일보 직전이고."

파라가 말을 보탰다. 강찬 또한 모니터링을 하고 있었기에 두 사람의 말이 아니더라도 난리가 난 것을 알 수 있었다.

'이 정도 파급력이라니.'

한국의 3대 포털에는 강찬에 관련된 검색어가 상위권 순위를 모두 채우고 있었으며 미국이라도 별다를 것은 없었다.

웃어야 할지, 울어야 할지 모르겠는 와중, 강찬은 눈에 띄는 기사의 제목을 보고선 기사의 제목을 클릭했다.

[강찬 사단. 그의 영향력은 어디까지인가?]

길게 말할 필요도 없다. 휴고 위빙과 유니버셜. 이 두 개의 이름을 모르는 사람이 있을까. 영화계에 종사하는, 혹은 관심 있는 이가 아니더라도 이 이름을 모르는 이는 거의 없을 것이다.

그렇다면 이 두 가지의 접점은 무엇이 있을까? 이 질문에는 고개를 갸우뚱하는 이들이 있을 것이다.

한국에서 태어나 올해 21살이 되었으며 혜성처럼 등장한 신인 감독, 거기에 월드 와이드 스코어 1억 불을 달성한 감독. 바로 '강찬 감독'이다.

할리우드에 입성한 지 1년, 그의 영향력은 어떤 셀러브리티라도 무시하지 못할 정도로 빠르게 성장하고 있었다.

조용히 그리고 묵묵히 하지만 찬란하게 성장한 그는 지금을 위해 참아왔다는 듯 파티를 열었고 그의 초대장을 받기 위해 수많은 셀러브리티의 몸이 달았다는 것은 SNS만 보아도 알 수 있다.

(중략)

……그렇게 열린 파티의 무대를 연 이는 강찬 사단의 첫 번째 배우. 이여름이었다. 12살의 나이로 라이커넥트 뮤직의 컨택을 받을 정도의 실력을 보유한 그녀의 노래는 현장에 있던 모든 이들을 사로잡았고 이후 등장한 에일렌과 한국의 아이돌 그룹 VOV 또한 마찬가지.

이처럼 강찬은 영화뿐만 아니라 미디어 산업의 큰 지분을 가지고 있는 음악 산업까지 자신의 사단을 심어두었다.

지금은 다수의 한국인과 소소의 외국인으로 한정되어 있지만, 만약 그의 사단이 전 세계 사람과 함께한다면 어떨까.

그의 사단 자체가 거대한 미디어 그 자체가 되지 않을까 조심스레 예상해 본다.

기사를 다 읽은 강찬은 만족스러운 얼굴로 기사를 쓴 사람을 확인해 보았다.

"……아서?"

아서 맥두인.

이제는 강찬 전문 기자가 된 게 아닐까 하는 생각이 들 정도였다. 강찬에 관한 묵직한 기사 혹은 히트한 기사는 거의 그의 기사였으니.

강찬의 눈이 자연스럽게 조회 수로 향했고 그는 믿을 수 없다는 듯 눈을 크게 떴다.

'……천만 뷰가 넘었다고?'

기사의 조회 수가 천만 뷰를 넘어 있었다. 댓글만 하더라도 3만 개 이상. 아무리 인터넷이 빠르다지만 벌써 천만 뷰를 넘었다니.

깜짝 놀란 강찬이 빠르게 댓글을 훑어보았다.

-mybigd*** : 21살? 15살로 보이는데.

└whit*** : 몰랐어? 아시안들은 전부 뱀파이어라고.

└Abdula*** : 인종 비하하지 마시죠.

└chezha*** : 칭찬 아님?

-LvoeMr.G*** : 파티에서 인터뷰한 거 영상 봤는데 엄청 멋있더라. 영화 보고 팬 됐는데 말하는 것 보고 또 팬 됨.

└fact*** : 저거 아이디 봐라. 강찬 아니냐.

└romiang*** : 헐 진짜네.

└hateP*** : 난 재수 없던데.

└berena*** : hateP, 아무도 네 의견 안 물어봤으니 다른 데 가서 짖어.

└Achron*** : 어디서 봄?

└LoveMr.G*** : [LINK]

-hateP*** : 나도 이 사람 영화 다 봤는데 재미있는 걸 모르겠던데. 왜 이렇게 빨아주는 거야?

└matrix*** : hateP. 다수가 같은 의견인데 너만 다르면 너에게 문제가 있는 건 아닐까 되돌아보는 시간을 갖는 건 어때.

└hateP*** : 왜 시비야.

└matrix*** : hateP. 시비라니. 조언이야.

└wiseman*** : 원래 이런 분류는 관심도 안 주는 게 답임.

-LoveMeTan*** : 이번 영화도 너무 기대됩니다. 다크 유니버스 파이팅!

날이 서 있는 댓글도 있었지만, 대부분이 호의적인 반응이었다. 댓글을 다 읽다가는 하루가 다 갈 것 같아 기사를 끈 강찬이 짧게 숨을 내뱉었다.

"실감이 안 나네. 동영상은 언제 공개한 거예요?"

"오늘 아침에 AMT 홈페이지에 게시했는데 조회 수가 천만을 넘었어요."

기사 하나의 조회 수가 천만을 넘었으니 동영상이야 당연할 터, 앞으로 더 오를 것은 자명한 사실이었다.

"강, 혹시 광고에 출연할 생각 있나요?"

"광고요?"

"메이커 광고 있잖아요. 최고의 운동선수들이 운동화 메이커 광고 찍듯, 그런 거요."

광고라.

잠깐 고민하던 강찬은 고개를 저었다.

"아뇨."

광고모델은 자신의 이미지를 파는 것이나 다름없다. 강찬에게 필요한 것은 이미지를 쌓아가는 과정, 즉 TV 출연이나 시사회 같은 장소에 참여하는 것이지 모델 일을 할 필요는 없었다.

강찬이 고개를 젓자 파라가 아쉽다는 듯 입술을 물었고 그 모습을 본 강찬이 파라에게 물었다.

"협찬은 어때요?"

"어떤 협찬이요?"

"영화에 들어오는 협찬. PPL이요. 그런 것들은 충분히 받을 용의가 있는데."

그의 말에 흐음, 하고 천천히 고개를 끄덕인 파라가 물었다.

"개인 협찬은요?"

"그 정도야 뭐."

"오케이. 감독님이 원하는 뉘앙스가 어떤 건지 캐치 했어요."

파라는 씩 웃더니 빠르게 키보드를 두들기기 시작했다. 그녀의 머리 위에 있는 발아의 식물이 반짝거리는 걸 보니 무언가 좋은 생각이 난 모양.

'난 어떤 모양이려나.'

발아 능력만 9개니 식물 또한 9개가 있을 것이다. 거울로 보아도 보이질 않으니 어떤 모양인지 궁금했지만 9개의 식물이 머리 위에 자라 있는 모양새를 생각해 보니 기괴할 것 같아 상상하는 것을 그만두었다.

강찬이 고개를 휘휘 젓는 사이, 자신의 테이블에서 일어난 안민영이 다가오며 물었다.

"NBC 채널이라고 알아?"

"그럼요."

2004년 미국의 NBC의 모회사인 GE가 유니버설을 인수하며 유니버설은 미국의 대표적 미디어 기업인 NBC 유니버설이 되었다.

즉, 영화를 제작하는 유니버설 픽쳐스와 NBC(National Broadcasting Company)는 계열사라 보아도 무방한 것.

"그쪽 토크쇼 중에 제시카 몰렌 쇼라고 있거든. 거기서 출연

제의가 들어왔어. 내 생각에는 나가는 게 좋을 것 같은데. 어떻게 생각해?"

"좋죠."

이번 파티로 인해 그에 대한 관심이 하늘 높은 줄 모르고 솟고 있는 상황, 제시카 몰렌 쇼라면 대중의 관심을 충족시킬 수 있을 만큼 인기가 있는 토크쇼였다.

"촬영은 다음 주 목요일, 방영은 그다음 주 토요일 저녁 10시. 그쪽 PD 말로는 강 감독 편한 대로 인원 구성해도 된다는데 같이 나가고 싶은 사람은 있어?"

"출연진을 제 입맛대로요?"

"응."

강찬이 호, 하며 입을 벌리자 안민영이 말을 이었다.

"NBC 말고 다른 방송사도 강 감독 출연시키고 싶어 안달이 난 모양이야. 그나마 우리랑 일하는 회사가 유니버셜이니까 그쪽 면 세워주려고 먼저 말한 거기도 하고."

"기왕이면 같은 회사면 살려주는 게 좋죠. 또 어디서 왔는데요?"

"CNS, ABC, FOX 이 정도?"

안민영이 말한 세 개의 회사를 한국으로 치환하자면 SBS, KBS, MBC 급의 인지도를 지닌 회사다. 물론 전 세계적 영향력으로 보자면 ABC 하나가 세 개를 합친 것보다 더 큰 영향력을 지니고 있긴 하지만.

"화려하네요."

"강 감독이 그만큼 큰 거지. 강 감독 붙잡자고 별의별 조건을 다 걸었어. CNS 같은 경우에는 원하는 게스트 다 섭외해 준다고 하더라."

강찬이 짧게 휘파람을 불자 그녀가 씩 웃으며 강찬의 어깨를 두들기며 말을 이었다.

"그럼 NBC 토크쇼로 나가는 것으로 하고. 같이 나갈 사람은?"

지금 함께 영화를 촬영하고 있는 다섯 명의 배우 중 선택하는 게 맞다는 생각이 들었다. 영화 홍보도 될 테니.

"내 생각에는 휴고나 멜라니가 가장 좋을 것 같아. 둘 다 미국 사람은 아니지만, 미국에서 인지도가 있는 배우들이니까 시너지가 날 것 같거든."

"여름이는 어때요?"

강찬의 물음에 안민영이 음? 하는 얼굴로 되물었다.

"여름이랑 강 감독 둘이서만?"

"예."

안민영은 팔짱을 낀 채 잠시 생각을 하더니 이내 답했다.

"그림은 괜찮은데 그 사람들이 원하는 그림이 나올까 모르겠네."

"라이커넥트 뮤직이 탐냈던 인재잖아요. 그거 부각하면서 노래 몇 곡 부르면 충분할 것 같은데."

"아, 그렇지. 파티에서도 호응 엄청났으니까."

"예."

"그럼 그렇게 하는 거로 메일 보낼게."

"부탁드리겠습니다."

안민영은 '오케이' 하고 말하며 고개를 끄덕인 뒤 그의 작업 실을 빠져나갔다.

촬영 3시간 전, 작업실에서 편집하고 있던 강찬은 머리라도 식힐 겸 촬영장 근처의 카페로 향했다.

"오셨어요?"

"예. 좋은 아침입니다."

카페는 촬영이 있는 세트장까지 걸어서 5분 정도의 거리였 기에 사장, 그리고 종업원과도 안면이 있는 사이였다.

할리우드 근처에 있는 카페였기에 직원 모두 영화에 관심이 많았고 그들은 강찬과 함께 사진을 찍어 벽에 걸어두기까지 한 상황.

오늘도 자신을 맞이하는 자신의 사진, 그리고 사인을 보며 웃음을 흘린 강찬은 창가의 자리에 노트북과 가방을 내려놓았다.

그러자 데스크를 지키고 있던 사장이 강찬에게 물었다.

"늘 마시던 거로?"

"누가 보면 킵해 둔 위스키라도 있는 줄 알겠어요."

"우리 감독님이 원하시면 위스키라도 킵해 드려야지. 원하시는 거 있나요?"

"아뇨. 괜찮습니다. 아메리카노 한 잔 부탁드릴게요."

"넵."

몇 달 동안 거의 매일 보다 보니 이제는 촬영장 스태프로 느껴지는 사장과 농담을 나눈 강찬은 창밖을 바라보며 생각에 잠겼다.

'토크쇼라.'

한국에서야 몇 번 나가봤지만, 미국에서는 TV로만 봤을 뿐 나가본 적이 없었다. 그렇다고 한국과 크게 다를 것 같지는 않았지만 묘하게 긴장이 되는 건 어쩔 수 없었다.

'거기에 제시카 몰렌 쇼라니.'

제시카 몰렌은 흑인 개그우먼으로 소극장에서 스탠딩 코미디를 하다가 쇼 관계자의 눈에 들며 성장하게 된 사람이다.

제2의 오프라 윈프리라 불릴 정도로 깨어 있는 사람이면서도 특유의 블랙 코미디, 그리고 사회를 풍자하는 솜씨가 일품인 여자.

잠시 토크쇼에 대해 고민을 하던 사이, 커피가 나왔고 강찬은 고맙다는 인사와 함께 노트북에 집중했다.

남은 시간이 좀 있으니 일단은 오늘 촬영할 장면에 대해 고민을 시작할 시간, 강찬이 커피를 한 모금 마신 뒤 노트북을 두들기고 있을 때.

딸랑, 하는 차임벨 소리와 함께 한 사람이 들어왔다. 강찬은 혹시 자신의 스태프인가 하고 고개를 들었고 이내 들어온 사내를 의아한 얼굴로 바라보며 말했다.

"헤르무트?"

"오랜만에 뵙습니다."

"어떻게?"

헤르무트는 자연스럽게 강찬의 앞에 앉으며 말을 이었다.

"안 PD님이 이 시간이면 여기 계실 거라 하시더군요. 다행히 계셨네요."

"전화라도 하고 오시죠."

"커피도 한잔할 겸, 뭐 급한 이야기는 아니라서요."

헤르무트가 커피를 주문하는 사이 강찬은 노트북을 덮어 옆으로 치운 뒤 그를 바라보았다.

"어쩐 일이십니까?"

"감독님의 회사, ATM 있지 않습니까."

"그렇죠."

"미국에 지사를 따로 내실 생각이십니까?"

"일단 법인은 있어야 편할 테니, 그럴 생각입니다."

헤르무트는 그럴 줄 알았다는 듯 고개를 끄덕이더니 입을 열었다.

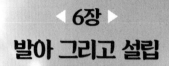

◀ 6장 ▶
발아 그리고 설립

"할리우드에는 6개의 메이저 제작사가 있습니다. 그리고 메이저 제작사가 되기 위해 노력하는 수많은 제작사가 있죠."

강찬뿐만 아니라 영화계에 종사하는 이라면 모두가 아는 이야기를 화두로 던진 데는 이유가 있을 터 그가 고개를 끄덕이자 헤르무트가 말을 이었다.

"하지만 수십 년의 긴 세월 동안 여섯 개의 메이저 제작사는 그 자리를 지켜냈고, 반면 또 다른 수많은 제작사는 메이저에 오르지 못했습니다. 이유가 뭔지 아십니까?"

"돈이죠."

긴 생각도 필요 없다. 자본 그 하나로 모든 것이 설명이 가능하기 때문.

"그것도 그렇습니다만 물론 좀 더 깊게 보자면 지금까지 쌓아온 네임벨류가 있습니다. 일단 '유니버셜'이라는 글자가 주는 무게가 있으니까요."

"그렇죠."

"그런 메이저 제작사들이 제일 탐내는 게 뭔 줄 아십니까?"

"시나리오죠."

강찬의 대답에 헤르무트가 씩 웃었다.

"역시 감독님과는 말이 잘 통해서 좋군요. 맞습니다. 돈이 얼마나 많건, 이름이 얼마나 높건 아무런 상관없습니다. 요즘의 할리우드는 잘 뽑은 시나리오가 모든 것을 결정합니다."

그래서 제임스 완 감독이 주목을 받는 것이다.

그의 영화 '쏘우'가 대박을 치며 엄청난 주가를 올렸고 그 이후, 2010년부터 시작된 인시디어스 시리즈, 그리고 컨저링 시리즈로 그는 인정받는 영화감독이 되어 공포 영화감독의 필모그래피에는 어울리지 않는 '분노의 질주 : 더 세븐'의 메가폰을 잡게 된다.

물론 모두가 알다시피 '분노의 질주 : 더 세븐'은 대박을 쳤고.

"그래서 모든 제작사가 혈안이 되어 있습니다. 잘 나온 시나리오를 픽업하기 위해서, 그리고 그 시나리오를 쓴 라이터를 픽업하기 위해서 말입니다."

"알고 있습니다."

"서두가 긴 만큼 제가 무슨 말을 할지 아실 것이라 생각합니다."

"ATM을 유니버셜의 휘하에 두고 싶은 겁니까?"

헤르무트는 고개를 끄덕이며 답했다.

"ATM은 소규모……라고도 할 수 없이 작은 회사입니다. 하지만 요즘 시대에 규모가 중요한 게 아니잖습니까? 멤버가 누구고 그 사람들이 할 수 있는 일이 중요한 거니까요. 그런 의미에서 감독님의 회사, ATM은 무궁무진한 가능성을 지닌 회사입니다."

"그럼 알고 계시겠군요. 제가 회사를 팔지 않을 거라는 걸."

강찬은 누구보다 자신의 능력을 잘 알고 있다. 앞으로 영화만 찍더라도 ATM은 유니버셜 급, 혹은 그 이상의 급으로 성장할 수 있다는 것을.

이유는 간단하다.

헤르무트의 말대로 영화시장은 시나리오의 시장이다.

영화의 근간이 되는 것 중 가장 중요한 것은 누가 무어라 해도 시나리오다. 그리고 강찬은 시나리오를 가지고 있다.

그것도 수없이 많이. 좋은 것들로만.

"그렇죠. 감독님께서 회사를 팔 거라는 생각은 그 누구도 안 할 겁니다. 금값이 한창 오르고 있는데 금을 팔려는 사람이 어디 있겠습니까. 그래서 제안 드리는 것이 투자입니다."

"침을 발라두시겠다."

"침……이라는 표현보다는 투자입니다만. 의미야 상통하니 넘어가죠. 미스터 강의 이름값만으로도 충분히 빠르게 성장할 수 있는 회사지만 만약 유니버셜이 함께하면 어떨 것 같으십니까?"

그 어떤 제작사보다 빠르게 성장할 수 있을 것은 자명하다. 강찬이 가진 자본이 백억 단위에 이르긴 하지만 수많은 블록버스터를 홀로 찍기에는 모자라다.

천천히 고개를 끄덕이던 강찬은 헤르무트와 눈을 맞추며 물었다.

"조건은요?"

"긴 서론이 허탈할 정도로 단도직입적이시군요. 좋습니다. 우리 유니버셜의 조건은 단 하나입니다. 앞으로 강찬 감독님이 제작하는 모든 영화를 이번 영화 '지킬 앤 하이드'와 같은 조건으로 맞춰드리겠습니다."

즉, 영화를 제작하는 데 있어 모든 결정 권한을 강찬에게 주겠다는 소리. 감독과 시나리오 라이터를 동시에 하는 강찬에게 이보다 매력적인 제안이 있을 수 없다.

"대신 제작하시는 모든 영화를 유니버셜과 함께해 주시면 됩니다."

"함께의 의미는요?"

"배급이 될 수도 있고 제작이 될 수도 있겠죠."

"기간은?"

"10년."

"파격적인 조건이네요."

"보통 신인 감독이라면 그렇겠지만."

헤르무트는 말을 잇는 대신 어깨를 으쓱이며 강찬을 바라보았다. 그의 시선에 담긴 뜻을 읽은 강찬은 웃음을 흘리며 답했다.

"유니버설에서 생각보다 저를 좋게 보는 모양입니다."

"'좋게'가 아니라 '정확히'입니다. 그보다 한 가지 말씀드리고 싶은 게 있습니다만……."

"말씀하시죠."

"앞으로 저 말고도 다른 제작사에서 많은 사람이 미스터 강을 찾아올 겁니다. 그들이 무슨 조건을 말하든, 만약 저희를 넘어선다면 다른 이들을 선택하기 전에 꼭 전화 한 통만 부탁드리겠습니다."

전화 한 통 달라는 것은 다른 제작사가 어떤 조건을 내놓든 간에 더 좋은 조건을 제시할 수 있다는 뜻이나 다름없다.

"너무 파격적인 거 아닙니까?"

"방금도 말씀드렸지만, 저희는 감독님의 가치를 정확히 보고 있으니까요. 저희가 생각한 가치만큼의 배팅은 당연한 겁니다."

과연 저들이 생각하는 자신의 가치가 어느 정도일까. 묻고 싶다는 생각이 들었지만, 강찬은 고개를 휘휘 저었다.

"알겠습니다."

"예. 감사합니다. 계약 조건이 밝혀지는 건 상관없으시죠?"

"당연하죠."

우리 유니버설이 이런 감독을 영입하기 위해 이렇게나 힘썼다는 것을 밝히면서 이슈를 만드는 것 또한 회사의 이미지, 그리고 앞으로 제작될 영화의 기대감에 엄청난 도움이 될 테니까.

자신이 할 말을 다 했다 생각한 것인지 헤르무트가 짧은 한숨과 함께 식어버린 커피를 한 모금 마셨다.

'벌써 올 줄은 몰랐는데.'

유니버설이든 어디든 올 거라는 것은 어느 정도 예상하고 있었다. 하지만 이렇게 급하게 찾아올 줄이야.

'조건은 예상한 거랑 비슷하고.'

계약금의 액수까지 예상했었는데 언급이 없는 것을 보면 강찬이 원하는 대로 줄 가능성이 농후했다.

어느 회사와 몇 편을, 어떤 조건으로 할지까지 미리 생각해둔 상황. 강찬은 헤르무트가 목을 축일 때까지 기다린 뒤 말했다.

"6편으로 하죠."

"······예?"

"계약 기간. 10년 말고 6편이요."

강찬의 갑작스러운 제안에 헤르무트는 의아한 눈으로 되물었다.

"하신다는 겁니까?"

"예."

"······다른 회사 조건은 안 들어보고 말이십니까?"

"들어볼 생각입니다. 다른 회사가 더 좋은 조건을 제시하면 그대로 헤르무트한테 말하라고 하셨잖습니까?"

"······그랬죠."

"그렇게 할 생각입니다."

강찬의 말에 헤르무트는 헛웃음을 흘렸다. 그 말을 이런 식으로 이용할 줄이야. 헤르무트는 머리를 한 번 쓸어올리더니 물었다.

"왜 여섯 편이죠?"

"보통 영화감독이 여섯 편을 찍으려면 10년 정도 걸리지 않습니까?"

"그건 그렇습니다만······."

지금 강찬의 페이스를 보면 6편을 찍는데 10년이 아닌 6년이 걸릴 것 같았다. 물론 한 편을 찍는데 걸리는 시간이 짧으면 짧을수록 좋긴 하지만.

"다크 유니버스의 영화가 총 여섯 편이기도 하고 말입니다."

"벌써 다 정해두신 겁니까?"

"얼추 그렇다는 거죠. 뭐 다크 유니버스의 다음 영화도 제가 메가폰을 잡게 될 거라는 확신이 없어서 아직은 모르겠습니다만."

시리즈 영화라고 해서 1편의 감독이 후속편의 감독까지 맡는 경우는 드물다. 한 감독의 아이덴티티와 같은 작품이 아닌 이상에야.

물론 강찬은 자신이 시작한 시네마틱 유니버스이기에 끝까지 하고 싶은 생각이 있긴 했지만 유니버설이 거부한다면 그대로 내쳐지는 것까지 막을 순 없다.

그렇기에 넌지시 말을 꺼낸 것.

말 속에 담긴 의미를 캐치한 헤르무트가 쓴웃음을 지으며 말했다.

"알겠습니다. 그럼 차후에 다시 연락드리겠습니다."

"예."

"좋은 대화였습니다."

헤르무트가 먼저 손을 내밀었고 악수를 마친 그는 '커피 잘 마셨습니다.' 하는 말과 함께 카페를 떠났다.

'이러면 하나는 해결인가.'

다크 유니버스는 한 편 한 편이 블록버스터급인 만큼 제작

기간이 길기 때문. 그렇기에 헤르무트는 최소 6년을 보고 있을 것이다.

'4년 안으로 끊는다.'

유니버설의 힘을 빌려 ATM을 정상화하고 인재를 모아 회사의 규모를 키운다. 그리고 영화 두 편을 동시에 제작할 수만 있다면.

4년 안으로 6편을 제작한 뒤 ATM과 넷플릭스, 두 개의 돛을 단 강찬은 100억이라는 목표를 향해 빠르게 나아갈 수 있을 터.

의도대로 협상을 끝마친 강찬은 기분 좋은 미소를 지은 채 다시 노트북으로 고개를 돌렸다. 다크 유니버스의 캐릭터는 총 여섯.

지킬 앤 하이드와 프랑켄슈타인, 미이라와 투명인간. 그리고 드라큘라와 반 헬싱이다.

앞으로 제작되는 영화에서는 하나의 영화에서 두 개 이상의 캐릭터를 다루어야 할 터. 강찬은 오랜만에 수정이 아닌 새로운 시나리오를 써나가기 시작했다.

카페를 나선 강찬은 산책하듯 천천히 걸어 세트장으로 향했다.

"날씨 좋네."

한여름이었지만 한국과 달리 습도가 높지 않아 덥다는 느낌
보다는 햇볕이 따뜻하다는 느낌이 강했다.

아무런 생각 없이 걸으며 하늘을 보던 강찬은 앞에 세워진
차에서 반짝이는 무언가를 발견하곤 시선을 뺏겼다.

'뭐지?'

자세히 보니 차에 탄 사내 하나가 카메라를 들고 이쪽을 찍
고 있었다. 강찬이 아무런 반응 없이 카메라를 바라보자 사내
는 차에서 나와 대놓고 강찬을 찍어댔고.

'……설마 파파라치?'

상상도 못 한 인물의 등장에 순간 멍해진 강찬이 가만히 서
있자 파파라치는 강찬의 주변을 돌며 사진을 찍어댔다.

"파파라치?"

"예."

여유롭게 대답까지 하는 모습에 기가 찬 강찬이 다시 한번
물었다.

"왜요?"

"돈이 되니까요. 그건 그렇고 팬입니다."

자기가 원하는 사진은 다 찍었는지 카메라를 목에 건 그가
손을 내밀었고 강찬은 어이가 없어 헛웃음을 흘리며 그와 악

수를 했다.

"릭텔로 마이어입니다. 사진작가였지만 지금은 파파라치를 하고 있는 사람이죠. 당신 영화를 보고 팬이 되었고, 지킬 앤하이드의 오랜 팬으로서 당신이 메가폰을 잡았다는 것을 매우 반기고 있는 사람이기도 하죠. 앞으로 자주 보게 될 겁니다."

"당신을요?"

"예. 전 전담반이거든요."

"제 파파라치를?"

"그렇죠."

너무 당당한 모습에 외려 할 말이 없어졌다. 개구리 상에 심한 곱슬머리인 릭텔로는 강찬의 손을 놓더니 가방에서 노트를 꺼내 말했다.

"사인 하나 해주시죠. 첫 파파라치 기념으로."

"굉장히 당당하시네요."

당당한 사내가 밉지만은 않기에 강찬은 그의 카메라를 가리키며 말했다.

"릭텔로, 당신이 팔 사진을 내가 고르게 해주면 사인해 드리죠."

"걱정 말아요. 잘 나온 사진만 팔 테니까."

"그럼 사인은 없습니다."

"생각보다 깐깐하시네. 사인을 위해서라면야."

릭텔로는 덤덤하게 카메라를 내밀었고 강찬은 잘 나온 사진을 남긴 뒤 다른 모든 사진을 지워 버렸다. 그리곤 사인 한 장을 하며 물었다.

"릭텔로 스펠링이?"

"RICTELLO."

사인에 그의 이름, 그리고 '나의 첫 파파라치를 위해.'라는 글귀를 남겨준 강찬은 사인된 종이를 그에게 건네며 말했다.

"사진도 한 장 찍죠."

"예?"

"팬 서비습니다."

그와 함께 사진을 찍은 강찬은 사인이 된 종이를 건넨 뒤 '다음에 또 보자.'는 말과 함께 촬영장으로 걸어갔다.

강찬에게 건네받은 사인과 글귀를 본 릭텔로는 피식 웃음을 터뜨리더니 뒤돌아 걸어가는 강찬의 뒷모습 사진까지 찍은 뒤 만족스러운 얼굴로 자신의 차를 향해 걸어갔다.

첫 파파라치를 만났다는 것에 기분을 좋아해야 할지, 앞으로 사생활이 없어질 것이라는 경고라는 것에 슬퍼해야 할지 고민을 하며 걸어온 강찬은 곧 다른 고민에 봉착했다.

"……음?"

세트장 입구에 들어선 순간, 누가 무어라 할 것도 없이 모든 스태프의 시선이 강찬에게로 집중되었다.

평소에도 그를 바라보긴 하지만 이런 분위기는 아니었기에 의아해할 무렵.

멜라니와 견자단, 두 사람이 손에 종이뭉치를 든 채 강찬에게 걸어오고 있었다. 두 사람이 서로를 바라보는 눈길에서 불꽃이 튀는 게 의견의 차이가 있는 모양.

'오늘 첫 신이 두 사람 촬영이었지.'

두 사람의 머리 위로 발아의 식물이 번쩍이고 있는 것을 보아 장면에 대해 의견이 충돌한 듯했다.

강찬은 팔짱을 낀 채 두 사람이 걸어오길 기다렸고 이내 두 사람이 도착했을 때.

"미스터 강."

"감독님."

두 사람이 강찬을 불렀고 강찬은 검지를 세우며 말했다.

"잠깐만요."

"예."

"저 자랑할 것 있습니다."

"예?"

강찬의 말에 두 사람의 눈이 동그래졌다. 자랑할 거리라니.

두 사람은 서로를 바라보며 일단은 휴전이라는 사인을 주고받았고 그것을 본 강찬이 미소를 지으며 말했다.

"저도 드디어 파파라치라는 게 생겼습니다."

"……."

"……."

"두 사람이야 워낙 유명한 배우라 모르겠지만, 저한테는 인생의 첫 경험입니다. 좀 더 축하하는 얼굴로 봐주면 안 됩니까?"

"축하해요."

"축하드릴 일인지는 모르겠습니다만……. 감독님이 좋다면 좋은 거겠죠. 축하드립니다."

두 사람의 축하를 받아낸 강찬은 만족스러운 미소를 지으며 고개를 끄덕인 뒤 그들의 손에 들린 종이를 바라보며 말했다.

"그럼 이제 본론으로 넘어가 볼까요? 무슨 문젭니까."

"오늘 촬영 장면 중에 44번 장면이요."

44번이라면 영화의 초중반.

견자단은 지킬의 약물을 훔치기 위해 사무실에 들르고 그때 마침 연구실에서 약물을 분석하고 있는 멜라니와 마주친다.

지킬은 약물에 의한 부작용으로 칩거를 하고 있는 상황.

멜라니는 지킬에게 '견자단이 내 약물을 군에 넘기려 한다.'는 것을 미리 들었기에 견자단을 의심을 하고 있었고 견자단 또한 멜라니가 자신을 방해할 것이라 생각하며 서로를 의심하는 상황에 두 사람이 마주치게 되는 것이다.

강찬이 시나리오에서 눈을 떼자 기다리고 있던 견자단이 말을 꺼냈다.

"여기서 간단한 액션이 들어가는 것도 괜찮지 않습니까?"

"액션은 아니죠."

"아니…… 말 그대로 간단한 액션 말입니다."

"영화에서 제가 연기하는 '스텔라'는 액션과는 거리가 먼 캐릭터에요. 아무리 간단한 액션이라도 어색할 게 뻔해요."

두 사람은 서로를 노려보다가 강찬에게로 시선을 돌리며 말했다.

"감독님 생각은 어떠세요?"

"그럽시다. 감독님은 어떻게 생각하십니까?"

두 사람의 물음에 강찬이 미소를 지으며 답했다.

"견자단 생각은 간소한 액션이 들어가면 좋을 것 같다는 거고 멜라니는 반대하는 건가요 아니면 다른 의견이 있는 건가요?"

"저는 액션이 아니라 감정선을 보여줄 수 있는 장면이 조금 더 있으면 좋을 것 같아요. 여기…… 두 캐릭터의 의심이 고조되면서 시선을 교환하는 장면 있잖아요? 예를 들면……."

멜라니는 들고 있던 시나리오를 강찬에게 보여주며 조심스레 말을 이었다.

"여기서 바스트, 풀, 그리고 와이드 세 개로 따는데 좀 더 많은 앵글이 있으면 어떨까 하는 거죠."

그녀의 말을 들은 강찬은 견자단을 보며 물었다.

"액션을 추가하고 싶은 이유가 있으신가요?"

"조금 밋밋한 거 같아서 말입니다."

"멜라니도 같은 이유로 앵글을 추가하고 싶은 거고요?"

"네."

두 사람의 말이 끝나자 강찬이 고개를 끄덕였다. 두 의견 모두 틀린 것은 아니다. 하지만 강찬의 의도와는 다른 상황.

"S44는 꽤 중요한 장면입니다. 스텔라라는 캐릭터가 차이를 의심하는 장면이고 지금까지 동료였던 사람을 적으로 인식하게 되는 장면이죠. 방금 말했든 이 장면에서 중요한 건 '서로가 적임을 인식하는 것'입니다. 그 이상은 필요 없어요. 그렇다고 두 사람의 의견이 나쁘다는 건 아닙니다. 하지만 과해요."

두 사람이 잘 모르겠다는 듯 강찬을 바라보자 그가 말을 이었다.

"저는 영화를 장거리 달리기라 생각합니다. 마라톤 같은 거죠. 즉, 페이스 조절이 필요해요. 계속 전력으로 질주하면 관객들은 보다가 제풀에 지치고 맙니다. 팽팽함을 유지하는 건 중요하지만 팽팽하다 끊어져 버리면 무슨 소용이 있겠어요."

강찬은 시나리오를 들어 S44의 전 장면, S42~43을 보여주었다. 하이드가 가진 악의 본성을 억누르지 못한 지킬이 점점 동화되어가며 육체의 변화를 받아들이게 되는 장면.

즉, 괴물로의 변신을 자유자재로 하게 되는 장면이다.

"이 장면은 일종의 카타르시스입니다. 억압되던 감정을 폭발시키는 장면이죠. 이다음부터는 새로운 카타르시스를 쌓아가야 합니다. 아까 말씀드렸던 두 사람이 서로를 인식하는 게 그런 종류죠."

블록버스터에서 폭발은 매우 중요한 요소다. 시각과 청각의 만족, 그리고 전투에서 승리하는 것에 대한 카타르시스까지 있기 때문.

하지만 러닝타임 내내 폭발만 나온다면?

이야기의 앞뒤, 즉 서사가 없기 때문에 지루해지고 만다. 폭발이 일어나기 전 혹은 그 후까지의 이야기가 있어야 폭발도 재미가 있는 것.

"두 분이 말씀하신 건 폭발입니다. 지금 필요한 건 도화선에 불을 붙이는 게 아니라 도화선을 깔아가는 장면이고요. 이해하셨나요?"

강찬의 설명에 두 사람이 고개를 끄덕였다.

"그러네요. 이전 장면을 생각 못 했어요."

보통 촬영을 할 때는 영화의 흐름대로 촬영하지 않는다. 그렇기에 배우들은 이번 장면만 생각하기 마련이고 이번 또한 그런 경우.

그래서 필요한 것이 전체를 보는 사람, 바로 감독이다.

"그럼 시나리오 수정 없이 그대로 가도 되겠죠?"

"예."

"네."

"이번 장면에서는 감정선만 유의해 주세요. 오늘도 잘 부탁드리겠습니다."

강찬이 만족스러운 미소를 지으며 말을 덧붙이자 두 사람 또한 고개를 끄덕이며 함께 세트장으로 돌아갔다.

'좋아해야 하나.'

대화하는 내내 두 사람 머리 위에 있는 발아의 식물들이 빛을 뿜고 있었다. 이제 트리거가 될 사건만 있다면 두 사람 모두 발아할 터.

문제는 그 사건을 어떻게 만들어야 하냐는 것인데. 강찬이 고민하며 두 사람의 뒷모습을 보고 있는 사이 서대호가 다가왔다.

"잘 해결됐어?"

"그럭저럭."

서대호는 고개를 끄덕이더니 말을 이었다.

"요즘 휴고가 아쉬워하더라. 맨날 저 두 사람이랑만 논다고."

"그래?"

"그럼. 이번 영화 촬영 전까지만 해도 계속 붙어 다녔었는데 새로운 배우들 오자마자 찬밥 신세니까."

"에이, 찬밥은 아니지. 일주일에 한두 번은 휴고랑 술 마시는 것 같은데."

"사람 마음이 또 그게 아닐 수도 있으니까."

그는 어깨를 으쓱이더니 아, 하는 소리와 함께 목소리를 낮추며 말했다.

"그건 어때."

"그거?"

"IG."

IG, 일루션즈 게이트. 유니버셜과 사이가 좋지 않은 제작사로 강찬을 싫어한다는 심증이 있는 회사다.

안토니에게 이야기를 들은 이후 한 달이 조금 넘는 시간 동안 경계를 하고 있긴 했지만 별다른 움직임은 없는 상황.

"아직은 별문제 없는데. 왜 뭐 있어?"

굳이 나누자면 강찬은 배우들과 조금 더 친하고 서대호는 스태프들과 친하다. 서대호가 스태프들의 장이라고 할 수 있는 조감독 직함을 가지고 있기 때문.

어린 나이에 조감독이라는 직함을 가지고 있는데도 으스대지 않고 싹싹한 성격을 앞세워 모두와 친하게 지내는 데다가 일도 잘하니 좋아할 수밖에.

그렇기에 강찬은 서대호에게 스태프에 관한 일을 곧잘 묻곤 했다. 서대호는 살짝 고개를 저으며 답했다.

"아니, 아직은 분위기 좋아. 아직이라는 말이 불안하긴 하다만."

그의 말에 강찬은 한창 촬영 준비 중인 세트장으로 고개를 돌리며 나지막이 말했다.

"계속 괜찮게 만들어야지."

만에 하나라도 무슨 일이 생긴다면? 강찬은 자신이 가진 모든 것을 동원할 생각이었다. 돌아오기 전이었다면 '그럴 수도 있지.' 하는 생각을 했겠지만 지금은 아니다.

한 번 굽히고 들어가는 순간 모든 게 끝난다는 것을 이미 한 번 경험했기 때문이다.

이제는 누가 가진 게 크고 누가 가진 게 작고 누가 더 강한지는 중요하지 않다. 마지막까지 살아남는 게 누구인가가 더 중요하다는 걸 깨달았으니.

오후 촬영이 끝난 후, 강찬은 로스엔젤레스 외곽에 있는 사무실로 직원들을 모았다. 직원이라 해봤자 PD인 안민영과 윤가람. 그리고 AD 파라 셋뿐이었지만.

심지어 윤가람은 로케이션 헌팅을 위해 로스앤젤레스의 정반대편 뉴욕에 나가 있는 상황이었다.

두 사람이 도착하자 강찬은 헤르무트와 나누었던 대화를 말해주었고 그녀들은 놀란 얼굴로 강찬을 바라보았다.

"진짜?"

"네."

"그럼 이제 우리도 유니버셜 식구가 되는 건가?"

"식구보단 친구죠. 아마 유니버셜 ATM 이런 식으로 이름이 정해지지 않을까 싶어요."

"멋진데."

그의 말에 파라는 양손을 모으며 말했다.

"약속 지키셨네요."

"그렇게 되나요?"

강찬이 파라를 자신의 회사로 데려오며 했던 약속은 '할리우드에 입성하게 해주겠다.'였다. 적어도 몇 년은 걸릴 거라 생각했던 것이 편법이긴 하지만 이루어진 것.

고개를 끄덕인 파라가 답했다.

"그럼요. 이제 다음 단계로 가야겠어요."

"다음 단계는 뭔데요?"

"할리우드에서 제일 잘 나가는 AD 디렉터가 되는 거죠."

"화이팅입니다."

파라가 그의 말에 고개를 끄덕이는 사이 안민영이 물어왔다.

"그럼 우리가 따로 할 일은 없는 건가?"

"일단은 그렇죠. 그쪽에서 제 제안을 수락하고 계약서에 사인만 하면 되는 거니까."

강찬과 안민영의 대화를 듣고 있던 파라가 검지를 휙 들며 말했다.

"광고 준비해야죠. 인재채용 공고도 내고 인터뷰도 해야 할 거고 준비할 거 엄청 많아요."

그녀의 말에 안민영이 씩 웃으며 답했다.

"전 프로듀서라서요."

"……그렇게 따지면 저도 광고 담당인데요?"

두 사람의 시선이 동시에 강찬에게 향했고 그는 두 사람에게 손을 내밀며 말했다.

"두 분 다 이번까지만 좀 도와주세요. 이번에 회사가 좀 회사다워지면 인사담당, 매니저 팀장, 등등 다 뽑을 거고 두 분 다 원래 자리에만 집중할 수 있게 해드릴게요."

어쩔 수 없다는 듯 고개를 끄덕인 두 여자는 보고할 사항과 잡다한 이야기를 꺼냈고 강찬은 오랜만에 그들과 영화 외적으로 회사 돌아가는 일에 대해 대화를 나누었다.

"그럼 오늘은 여기까지. 두 분 다 아직 식사 전이시죠?"

"네."

"식사나 하러 가실까요?"

"사장님이 쏘시는 거죠?"

"당연하죠."

오랜만에 직원끼리 회식을 마친 다음 날.

촬영이 없는 날이었기에 강찬은 오랜만에 휴고의 집에 방문했다.

휴고는 친지를 보듯 편한 모습으로 강찬을 반갑게 맞이했고 두 사람은 볕이 잘 드는 테라스에 자리를 잡았다.

"요즘 섭섭하셨어요?"

"음?"

"스태프들이 그러던데. 제가 멜라니랑 견자단하고만 대화해서 섭섭해하신다고."

"하하하, 그런 거 아니에요."

휴고가 손사래를 치며 말을 이었다.

"그냥 궁금한 것뿐이에요. 강 당신이랑 대화하고 오면 두 사람의 연기가 조금씩 달라지더라고요. 성장하는 느낌이라 해야 하나. 깊어진다는 표현이 맞겠네요. 근데 연기라는 것 자체가 그렇게 점진적으로 늘 수가 없거든요. 물론 이제 막 배우는 사람들은 제외하고요."

성장이라.

강찬은 느끼지 못하고 있던 것이기에 흥미로운 눈으로 그를 바라보았고 휴고는 자세를 편하게 고쳐 앉으며 말을 이었다.

"궁금해하는 것 같으니 조금 길게 이야기해도 되죠?"

"그럼요."

"모든 일이 그렇겠지만, 일정한 지점에 다다르면, 전 그걸 끓는점이라고 표현해요. 어쨌거나 연기에도 끓는점이 있다고 봐요. 기화가 되기 전, 변화가 없는 지점이죠. 그걸 넘어서기 위해서는 어떤 계기가 필요하거든요? 제 경우에는 '브이 포 벤데타'가 그랬죠."

'브이 포 벤데타'에서 휴고는 영화가 끝날 때까지 마스크를 쓰고서 연기한다. 즉 감정을 가장 잘 나타낼 수 있는 얼굴을 가린 채 목소리와 몸짓만으로 연기해야 했던 것.

"고생이 많으셨겠습니다."

"그랬죠. 내가 얼굴이 나오질 않으니 어떤 연기를 해도 나 같지 않고 어색하더라고요. 그래서 몇 날 며칠 동안 고민하다 나온 게 '내가 V가 되자.'라는 결론이었어요."

"그렇게 세상에 다시없을 V라는 캐릭터가 나온 거군요."

강찬의 칭찬에 멋쩍게 웃은 휴고는 머리를 쓸어 넘기며 말했다.

"원래 하던 말로 돌아가면 그 사람들에게 이 영화, 그리고 캐릭터는 어떠한 계기가 되기에는 부족한 느낌이 있어요. 물론 강의 시나리오나 영화가 부족하다는 건 아니에요. 하지만 그렇게까지 다른 캐릭터는 아니라는 뜻이죠. 사람마다 그 계기가 다를 순 있지만 말이에요."

"그렇죠."

"그래서 궁금해요. 강과 무슨 대화를 나누기에 그런 성장을 겪고 있는 걸까 하고 말이죠. 그래서 물어보면 별 내용 없더라고요. 흔히 감독과 배우가 나누는 시나리오에 관한 대화니까요."

"그것도 그렇죠."

강찬이 고개를 주억이자 휴고가 미소를 지으며 물어왔다.

"비결이 뭔가요?"

비결이라.

'발아의 식물을 '개안'을 통해 보고 그걸로 그들의 성향을 파악해 맞춤 케어를 하는 것이다……' 라고 말할 순 없기에 강찬은 씩 웃으며 답했다.

"감독의 능력입니다."

"하하하, 그거야 알죠. 배우의 역량을 끌어내는 것 또한 감독의 능력 중 하나니까. 그런데 강은 다른 게 좀 있는 것 같아요."

"그런 비밀 레시피 하나쯤은 있어야 하지 않겠습니까?"

"흠…… 그럼 저는 그 비밀 레시피 맛을 언제쯤 볼 수 있을까요?"

아니라고 말은 해도 아쉽긴 한 모양이었다. 그도 그럴 것이 휴고는 배우다. 그것도 연기 경력이 굉장히 길며 그동안 매번 새로운 시도를 하는 배우.

그만큼 성장에 목마른 사람이 함께하는 배우들은 성장하는데 자신만 성장하지 못하고 있는 것에 아쉬워하는 것은 당연한 일.

"걱정하지 마세요. 휴고를 위해 아주 맛있는 그리고 손이 많이 가는 레시피를 준비 중이니까요."

강찬의 말에 휴고의 눈이 반짝였다. 그는 기대에 찬 표정으로 몸을 일으켰다가 이내 다시 의자에 기대며 답했다.

"기대 하겠습니다."

미소를 지은 강찬이 고개를 끄덕이자 그가 위스키 잔을 들었다. 그와 도란도란 이야기를 나누며 시간을 보내고 있던 사이.

강찬의 핸드폰이 울렸다.

"예. 강찬입니다."

-안녕하십니까. 혹시 강찬 감독님 되시나요?

핸드폰 너머에서 들려오는 유창한 한국어에 강찬은 의아한 얼굴로 핸드폰을 바라보았다. 번호를 확인했지만, 한국에서 걸려온 전화가 아니었다.

"그렇습니다."

-반갑습니다. 저는 파라마운트 픽쳐스의 조세프 유라고합니다. 제가 한국어를 잘해서 놀라셨나 봐요?

"조금은요."

-교포거든요. 어머니가 한국분이세요. 이런 이야기는 나중에 하고 혹시 한 번 뵐 수 있을까 해서 전화 드렸습니다.

한번 만나자는 그의 목소리에 헤르무트의 말이 떠올랐다.

'앞으로 저 말고도 다른 제작사에서 많은 사람이 미스터 강을 찾아올 겁니다. 그들이 무슨 조건을 말하든, 만약 저희를 넘어선다면 다른 이들을 선택하기 전에 꼭 전화 한 통만 부탁드리겠습니다.'

생각보다 빠르다. 헤르무트를 만나며 생각했던 것이지만 할리우드에서 정보의 흐름은 강찬이 예상하는 것보다 훨씬 빠른 듯했다.

벌써 전화가 오다니.

'일단은 만나봐야겠지.'

다른 회사의 조건을 들어보는 액션 정도는 취해줘야 유니버셜이 자신을 쉽게 보지 않을 테니까. 말하자면 몸값을 올리는 액션인 것이다.

"예. 괜찮습니다."

-아, 감사합니다. 안 만나주시면 어떻게 해야 하나 걱정했거든요. 그럼 언제가 괜찮으십니까?

강찬은 스케줄을 확인한 뒤 다시 전화를 주겠다는 말과 함께 전화를 끊었고 그를 바라보고 있던 휴고가 물어왔다.

"한국에서 전화 왔나 봐요?"

"파라마운트요."

"예?"

강찬이 씩 미소를 짓자 휴고는 의아하다는 듯 눈을 떴다.

"다음에 말씀드릴게요. 아직 확실하게 정해진 게 없어서."

"그래요."

휴고는 궁금한 눈치였지만 굳이 캐묻지는 않았다. 그 이후, 강찬은 해가 질 때까지 휴고와 대화를 나누다 그의 집에서 저녁 식사까지 마친 뒤 자신의 작업실 겸 숙소로 향했다.

사흘 뒤, 로스앤젤레스 다운타운의 호텔 라운지.

"그럼 좋은 소식 기대 하겠습니다."

"예."

악수를 마친 강찬과 죠세프가 함께 자리에서 일어섰다. 파라마운트의 헤드 헌터라 자신을 소개한 죠세프의 조건은 헤르무트와 별다를 것이 없었다.

이미 업계 내에서는 '지킬 앤 하이드'에 대한 유니버설과 강찬의 계약 내용이 다 퍼져나간 모양.

'다른 회사를 만날 필요는 없으려나.'

메이저만 6개. 그중 두 개를 만났으니 나머지는 4개지만 똑같은 이야기를 4번이나 더 들을 생각을 하니 벌써 지루해지는 기분이었다.

라운지를 나선 강찬이 택시에 오를 때, 그의 전화가 울렸다.

"예."

-헤르무트입니다. 파라마운트를 만나셨다는 말을 들었습니다.

강찬은 자신도 모르게 시계를 내려 보았다. 파라마운트의 죠세프를 만난 게 한 시간 전, 그리고 라운지를 나온 게 5분 전이다.

그 사이에 헤르무트의 귀에 들어가다니. 무슨 영화의 첩보전쟁 한복판에 떨어진 듯한 기분에 강찬이 떨떠름한 목소리로 답했다.

"소문이 빠르네요."

-정보가 생명인 시대니까요. 그보다 그쪽에서는 뭐라고 합니까?

"비슷합니다. 파라마운트도 귀가 있으니까요."

강찬의 말에 '그렇군요.' 하고 대답한 그가 말을 이었다.

-컨펌 났습니다.

"……벌써요?"

-예. 감독님께서 컨펌하시면 기자회견 한 번 하고 곧바로 진행될 예정입니다. 자세한 계약서는 바로 메일로 보내드릴 예정이고 원하신다면 만나서 설명드리겠습니다.

잠깐 고민하던 강찬은 고개를 끄덕였다. 몇 번 더 간을 볼까 하는 생각이 들었지만 이미 저쪽에서 컨펌을 했고 서로 원하는 조건이 다 나와 있는 상황에서 그럴 필요는 없는 상황.

몸값이 최대치를 찍은 지금 바로 움직이는 게 나을 것 같았다.

"그럼 메일로 계약서 보내주시고 사인은 만나서 하는 건 어떠십니까?"

-그쪽이 편하시면 그렇게 진행하도록 하겠습니다. 그럼 기자회견은 회사 측과 이야기 후 따로 말씀드리겠습니다.

"예."

간단한 인사와 함께 전화를 끊은 강찬은 만족스러운 미소가 번졌다.

6편의 영화가 모두 계약되었으니 날개를 단 것이나 다름없다. 지금까지 주먹구구식으로 돌아가던 ATM은 이제 제대로 된 제작사가 되어 강찬을 서포트 해줄 디딤돌로 거듭날 터.

'이제 남은 건 발아뿐인가.'

견자단과 멜라니, 그리고 휴고 세 사람만 발아시키면 이번 영화에서 이루고자 하는 것은 모두 이루게 된다.

물론 영화의 흥행이 최우선이긴 하지만 그 발판은 모두 마련된 것이나 마찬가지. 고개를 끄덕인 그는 지금 힘쓰고 있는 두 사람의 발아를 위해 무엇을 해야 할까 생각에 잠겼고 강찬을 태운 택시는 쭉 뻗은 도로를 힘차게 달렸다.

일주일 뒤, 유니버셜의 본사.

변호사를 대동한 강찬은 계약서에 문제가 없는 것을 확인한 뒤 사인했고 그의 손짓에 미소를 지은 안토니가 손을 내밀었다.

"환영하네."

"잘 부탁드립니다."

두 사람이 계약서에 사인한 후, 그 뒤로는 일사천리라는 말이 어울릴 정도의 속도로 모든 일이 진행되었다.

한국에 있던 ATM의 본사가 미국으로 이전되었으며 그 일을 위해 윤가람이 한국과 미국을 오가며 많은 일을 강찬 대신 해 주었다.

그 사이 안민영과 파라는 ATM의 정상화를 위해 인재를 채용하고 역할을 세분화하여 새로운 전담팀들을 만들었다.

큰 줄기로는 두 개. 영화의 제작을 맡는 PD 팀과 그들을 서포트하는 모든 일을 맡는 MG 팀으로 나누어졌으며 MG 팀의 팀장으로 새로운 인재를 영입했다.

현재 '지킬 앤 하이드'를 촬영하고 있는 한국인 제작진은 전부 안민영이 팀장으로 있는 PD 팀으로 배속되었다.

PD 팀은 별다른 인원의 변동이 없었으나 MG 팀 같은 경우에는 모든 인원이 새로 온 것이나 다름없었기에 직무에 익숙해지고 체계가 잡혀 제대로 돌아가는데 거의 한 달에 가까운 시간이 걸렸다.

내부적으로 부산한 한 달이 지날 때, 외부적으로도 부산한 한 달이 이어졌다. 강찬과 ATM을 노리던 제작사들은 닭 쫓던 개가 되어 지붕을 바라보았다.

하지만 그들은 바라보는 것만으로 멈추지 않고 끊임없이 러브콜을 보냈다. 그들이 보기에 강찬은 6편의 영화를 찍고 메가폰을 내려놓을 이가 아니었기 때문.

그들은 수많은 달콤한 말로 강찬의 미래를 사려 했지만, 그는 그 어떤 제작사와도 따로 계약하지 않았다.

'내가 바보도 아니고…….'

굳이 강찬이 아니더라도 할리우드에서 6편의 영화를 찍고도 살아남을 수 있는 감독이라면 어느 제작사를 가도 환영받을 수 있다.

거기에 누구나 탐내는 시나리오까지 쓸 수 있는 감독이라면?

돈다발을 들고 찾아와 계약하려 할 터. 지금 계약을 하는 것은 미래를 파는 것이나 다름없는 것이다.

그렇게 9월이 지나 10월이 되었다.

이제 좀 더워지나 싶었던 날씨는 밤이 되면 외투가 필요한 온도가 되었고 촬영장에는 하나둘씩 히터가 놓이기 시작했다.

'지킬 앤 하이드' 촬영이 시작된 지 5개월. 후반 보정 작업과 CG 작업이 필요한 전투 신의 촬영이 대부분 마무리되었고 이제 남은 것은 영화 초·중반부의 대화 장면들이 대부분이었다.

후반 보정 작업과 CG 작업을 먼저 찍는 이유는 간단하다. 인력을 갈아 넣는다는 말이 어울릴 정도의 엄청난 양을 자랑하기에 오랜 시간이 걸리기 때문이다.

먼저 촬영한 부분을 CG 팀에게 넘겨 영화 촬영과 동시에 작업을 진행하는 게 시간을 아낄 수 있다.

10월 7일, 뉴욕 시내 53 에비뉴.

"뉴욕이다."

한 단어. '뉴욕'으로 설명할 수 있는 전경이 그들의 눈앞에 펼쳐졌다. 난잡하게 지어진 듯 보이지만, 조화를 이루고 있는 고층빌딩과 햇빛을 받아 반짝이는 유리창들. 그리고 그 아래로 바쁘게 지나는 차와 다양한 인종의 사람들.

미디어로만 접하던 뉴욕의 모습도 잠시, 영화 촬영을 위해 통제된 도로 위로 강찬 사단이 도착했다.

"아무리 시청에서 허가해 줬다지만 이 정도로 협조를 해주네."

차에서 내린 서대호가 놀란 눈으로 주변을 둘러보았다. 건물 안에서 일을 하고 있는 이들을 제외하면 시내를 걸어 다니는 이들이 거의 보이지 않았다.

몇 없는 이들 또한 영화 촬영에 방해가 되지 않기 위해 빠르게 걷거나 외곽으로 돌아가는 수고를 해주고 있었다.

"자, 넋 놓고 있지 말고 빨리 준비합시다."

한국에서 온 스태프들은 뉴욕도 와보지 않은 이들이 대다수였다. 그들은 미디어로만 접하던 뉴욕을 구경하다 강찬의 말을 듣고 부산스레 움직이기 시작했고 강찬 또한 바쁘게 움직이며 그들을 독려하고 장비의 배치를 도왔다.

"사람들 점점 모이는데."

"피켓 든 사람도 있네."

스태프들이 수군거리는 걸 듣고 고개를 돌려보자 통제선 밖에 사람들이 하나둘씩 모여들고 있었다.

대포만 한 카메라를 든 이들도 있었고 자신이 좋아하는 배우의 이름이 적힌 피켓을 들고 있는 이들도 있었다.

그들을 슥 바라본 강찬은 자신의 이름이 적힌 피켓이 있는 것을 보곤 남몰래 미소를 지었다. 마음 같아서야 당장 달려가 사인을 해주고 사진을 찍어주고 싶었다.

하지만 통제 시간은 오전 10시부터 오후 6시까지. 해가 떠 있을 때 찍을 수 있는 장면과 해가 진 후에 찍을 장면까지 생각하면 시간이 부족했기 때문에 개인적인 시간을 보낼 수가 없었다.

아쉬운 마음을 뒤로한 강찬은 더 바쁘게 움직이며 촬영 현장을 체크했고 지난 5개월간 손발을 맞춰온 덕일까, 강찬이 의도하는 바를 찰떡같이 알아듣는 스태프들 덕에 30분도 지나지 않아 모든 세팅이 끝났고 배우들만 준비가 되면 되는 상황.

오늘부터 시작될 뉴욕에서의 촬영은 멜라니와 휴고, 견자단과 제임스 그리고 이여름까지 모두가 등장한다.

대미를 장식할 마지막 전투 장면과 엔딩까지 촬영을 해야 하기 때문. 그 시작은 이여름과 휴고의 연기였다.

"안녕하세요!"

창백하게 보일 정도의 이여름이 카메라 앵글 안으로 들어왔고 곧 촬영이 시작되었다.

"레디…… 액션!"

휴고와 이여름, 두 배우의 연기는 마치 이 캐릭터를 위해 태어난 것처럼 완벽했다. 휴고야 두말할 것 없는 건 당연했지만 이여름의 연기가 늘어가는 속도는 놀라지 않을 수가 없었다.

"확실히 강이 데리고 갈 만한 인재네요."

"저도 볼 때마다 놀랍니다."

다음 촬영을 위해 대기하고 있던 멜라니가 감탄을 표했고 그녀의 옆에 있던 견자단이 고개를 끄덕이며 동의했다.

흐뭇한 얼굴로 두 사람의 대화를 듣고 있던 강찬의 머릿속에 순간, '어?' 하는 생각이 떠올랐다.

'여름이가 트리거가 될 수도 있지 않을까.'

지금 저 두 사람에게 필요한 건 말 그대로의 트리거. 단 한 걸음만 더 나아가면 두 사람 모두 발아를 할 것으로 보였다. 그렇기에 아주 작은 요소라도 자극만 주면 되는 상황.

이여름과 두 사람을 번갈아 바라보던 강찬은 이내 좋은 생각이 떠올랐다는 듯 고개를 끄덕이며 미소를 지었다.

다음 장면은 멜라니와 휴고가 대화를 나누며 뉴욕 시내를 걷는 장면이었다. 두 사람이 연기를 하고 있는 것을 보고 있던 강찬은 멜라니의 연기를 보며 컷을 외쳤다.

"컷! NG!"

그의 말에 카메라를 비롯한 장비들, 그리고 배우들의 움직임이 멈추었고 그에게 시선이 집중되었다. 강찬은 멜라니를 바라보며 말했다.

"멜라니, 잠깐 와보실래요."

"네?"

그녀가 의아한 얼굴로 다가오자 강찬이 멜라니와 눈을 맞추며 말했다.

"지금 멜라니가 연기하는 스텔라는 불안한 상황이에요. 지킬이 괴물로 변할까 걱정이 되는 와중에 차이가 약물을 훔쳐간 상황도 알려야 하죠. 하지만 지킬에게 알리고 싶진 않아요. 그에게 이상의 문제를 떠안기고 싶지 않으니까요. 맞나요?"

그의 말에 멜라니가 고개를 끄덕이자 강찬은 필드모니터를 가리키며 말을 이었다.

"그래서 말인데, 지금처럼 조금 어두운 분위기가 아니라 밝은 분위기에서 어두움을 숨기고 있는 그런 분위기를 연기해 줬으면 좋겠는데 혹시 가능할까요?"

"네. 해볼게요."

조금은 불안한 얼굴의 멜라니가 다시 앵글로 돌아가 감정을 잡고 준비를 하는 사이 강찬은 이여름을 불렀다.

"네. 감독님."

"지금 멜라니가 하는 연기, 어떤 장면인 줄 아니?"

"네. 시나리오에서 봤어요."

"여름이 너라면 어떤 얼굴을 할 것 같니?"

이여름은 잠시 고민하는 듯하다가 이내 입꼬리를 올리며 웃었다. 하지만 눈은 웃지 않고 있어 어색한 미소가 그녀의 얼굴에 그려졌다.

부자연스러운 미소를 지었던 이여름은 이내 고개를 저으며 말했다.

"이게 1번이요."

"그럼 2번도 있어?"

"네."

그녀는 감정을 끌어올리는 듯 고개를 푹 숙였다가 이내 고개를 들었다. 이번에는 눈은 웃고 있었는데 다른 얼굴의 근육은 그대로였다.

방금의 1번이 어색한 미소였다면 이번에는 감정이 없는 것 같은, 마치 귀신을 보는 듯한 오싹한 느낌이었다.

"그건 좀 무서운데."

"그런가요? 그럼 1번이 맞을까요?"

"나를 보면서 1번 표정으로 웃다가 카메라를 보며 2번 표정을 지을 수 있을까?"

"음…… 해볼게요."

"내 오른손을 카메라라고 생각하고, 내 얼굴을 휴고라 생각해 봐."

"네."

20초나 되었을까, 입을 오물거리며 집중하던 그녀는 이내 눈만 웃던 얼굴로 강찬을 바라보다 고개를 돌리며 눈은 경직되고 입꼬리가 올라가는 소름 돋는 웃음을 지어 보였다.

"와…… 여름이 잘하네."

"괜찮았나요?"

"응. 잘했어."

연기라는 건 경험에 의거하는 경우가 많다. 배우가 직접 겪어 본 상황을 연기로 펼쳐낼 때 그 당시의 감정이 흘러나오며 더욱 진정성 있는 연기가 나오게 되는 것.

하지만 겪어본 상황이 아닐 때는 얼마나 더 캐릭터에 몰입하느냐가 관건이 된다. 그런 면에서 이여름은 아주 훌륭하다.

배우들이 몰입을 하지 못하는 이유도 경험에서 온다. 캐릭터에 자신의 원래 성격을 투영해 여기선 이렇게 해야 하는데, 하는 생각이 은연중에 드는 경우가 있기 때문.

하지만 이여름은 어린 나이에 배우를 시작했기 때문일까. 무언가를 받아들이는 것에 있어 편견이 없고 물을 빨아들이는 스펀지처럼 쭉쭉 빨아들인다.

'이런 게 재능이지.'

강찬의 도움이 있다 하더라도 이런 건 타고나는 수밖에 없다.

그렇다고 멜라니가 부족한 것은 아니다. 지금까지 훌륭히 해왔고 방금 NG가 난 장면을 그대로 쓰더라도 아무런 지장이 없을 터.

하지만 강찬이 원하는 것은 그녀의 발악. 당근은 충분히 주었으니 이제는 채찍질을 병행할 차례였다.

강찬의 생각이 끝나갈 무렵 스태프가 촬영의 준비가 끝났음을 알렸고 강찬은 곧바로 메가폰을 들며 말했다.

"그럼 슛 들어갑니다."

다시 한번 이어진 장면. 휴고와 멜라니가 뉴욕을 걷는 장면이었다.

"그럼 완벽히 컨트롤 가능해진 건가요?"

"일단은."

"다행이네요."

"얼굴은 아닌데."

"걱정을 안 할 순 없잖아요."

말을 마친 멜라니는 휴고 반대편으로 고개를 돌리며 짧게 한숨을 쉬었다. 표정으로 감정을 표현하기 힘들 것 같다는 생각이 들었는지 한숨이라는 행동으로 대신 보여주는 것이었다.

'경험이 중요하긴 해.'

경험이 많지 않은 배우였다면 어떻게든 표정으로 연기를 해내려 했을 테지만 멜라니는 아니었다. 대본에 없는 애드리브로 감정을 표현해낸 것.

좋은 애드리브였지만 강찬의 마음에 들지는 않았다. 두 사람의 얼굴을 클로즈업하는 와중에 그녀가 고개를 돌려 한숨을 쉬자 앵글에 그녀의 얼굴이 잡히지 않았고 잠깐 고개를 돌리는 것으로 보여 감정이 캐치되지 않았기 때문이다.

"컷! NG."

강찬은 다시 멜라니를 불렀고 그녀의 표정이 굳었다.

"앵글에서 아웃됐어요."

"그래요?"

"예. 감정이 잘 안 잡히시나요?"

"조금요."

멜라니는 연기를 직접 보여주는 것보다 시나리오상 캐릭터가 어떻게 행동하는지를 생각하고 그것대로 연기하는 배우였다.

그렇기에 이런 즉흥적인 요구에는 조금 약할 수밖에 없었다.

"휴고 대사 아시나요?"

"예?"

"이번 장면에 휴고가 하는 대사요. 모르시면 여기 시나리오 보시고 휴고 한 번 해주실래요? 제가 원하는 얼굴이니까 제가 어떤 느낌인지 보여드릴게요."

강찬이 직접 연기를 보여준다는 말에 멜라니가 의아한 얼굴이 되었다가 이내 고개를 끄덕였다. 그가 원하는 연기를 보여준 게 처음이 아니거니와 '악당'을 통해 그의 연기실력이 어느 정도 된다는 것을 알고 있었기 때문.

그의 말에 주변에 있던 휴고와 견자단, 그리고 다른 배우들의 눈에 궁금증이 피어올랐다. 과연 남자인 강찬이 멜라니의 연기를 얼마나 잘 표현할 수 있을 것인가.

멜라니에게 시나리오를 건넨 강찬은 흠흠, 하며 목소리를 가다듬은 뒤 연기를 시작했다.

"그럼 완벽히 컨트롤 가능해진 건가요?"

선이 굵은 편이 아닌 강찬이 살짝 내리깐 눈으로 지킬 역을 하고 있는 멜라니를 바라보며 말을 걸었다. 목소리까지 조금은 얇아진 느낌의 연기. 멍하니 그의 목소리를 상기하던 멜라니가 아, 하는 소리와 함께 대본을 읽었다.

"일단은."

그러자 강찬이 천천히 고개를 끄덕이며 말했다.

"다행이네요."

그러면서도 멜라니의 눈은 끝까지 마주치지 않았고 입가에는 조그만 미소가 번졌다. 멜라니는 이번에는 놓치지 않겠다는 듯 맞는 타이밍에 그의 얼굴을 바라보며 대본을 읽었다.

"얼굴은 아닌데."

그러자 강찬이 씁쓸한 듯 웃으며 멜라니와 눈을 맞추며 말했다.

"걱정을 안 할 순 없잖아요."

눈은 웃고 있지만 방금까지 올라가 있던 입꼬리는 쏙 내려간 표정. 그의 대답에 멜라니의 고개가 저절로 끄덕여졌다.

"와…… 이런 느낌을 원하셨던 거구나. 완벽히 이해했어요. 연기 완전 좋았어요. 본인이 직접 만든 캐릭터라 그런가? 저보다 스텔라 연기를 더 잘하시는 것 같은데요?"

멜라니는 대본을 든 채로 박수를 쳤고 그 모습에 강찬은 어, 하는 탄성을 냈다. 그러자 주변에 있던 휴고와 견자단까지 엄지를 치켜올렸고 강찬의 얼굴에는 당혹이 서렸다.

'이게 아닌데.'

원래 강찬의 의도는 일부러 어색하게 연기를 한 뒤 이여름에게 바통을 터치하는 것이었다. 그러면 이여름이 연기를 하고 멜라니가 그걸 보며 '저거구나!' 하는 충격을 주는 게 목표였는데.

'너무 집중했어.'

오랜만에 연기를 하니 잘해야 한다는 생각밖에 없었고 멜라니의 말대로 자신이 직접 만든 캐릭터였기에 더욱 몰입하기 쉬워 제대로 해버렸다.

"제 부족한 연기로라도 이해하셨다니 다행이네요."

"부족하다뇨. 완벽했어요. 앞으로 이해가 안 될 때는 혼자 끙끙 앓을 필요 없이 감독님께 물어보는 게 제일 빠르겠네요."

멜라니는 정말 감동받은 듯 강찬을 한 번 끌어안더니 말을 이었다.

"이 감정 놓치기 전에 바로 슛 들어가고 싶은데 괜찮을까요?"

그에게 묻는 멜라니의 머리 위로 꽃봉오리가 금방이라도 발아할 듯 떨리고 있었다. 그 모습을 본 강찬은 곧바로 고개를 끄덕이며 답했다.

"그럼요."

그녀가 종종걸음으로 빠르게 앵글 안으로 들어가자 근처에서 구경을 하고 있던 배우들 또한 그녀의 속도에 맞추어 준비를 시작했다.

그리고 어느새 나타난 파라가 카메라를 든 채 강찬의 옆으로 다가오며 말했다.

"방금 거 다 찍었어요."

"……예?"

"배우들 반응까지 다 찍었거든요. 멜라니가 연기하는 것까지 비교 영상으로 해서 올리려고 하는데 괜찮죠? 이거 홍보 효과 엄청날 거 같은데."

파라가 눈을 찡긋하며 묻자 강찬은 고개를 끄덕였다. 원래 의도대로 흐르진 않았지만, 그보다 더 좋게 흘러간 상황.

3분도 걸리지 않아 다시 준비가 되었고 강찬은 곧바로 모니터를 보며 슛을 외쳤다.

완벽히 이해했다는 멜라니의 말은 정말이었다. 얼굴을 줌인해 찍는 페이스와 가슴 위로 찍는 바스트, 그리고 와이드까지 NG하나 없이 완벽히 연기해낸 그녀는 뿌듯한 얼굴로 강찬에게 다가와 손을 내밀었다.

"고마워요."

"뭔지는 모르겠습니다만 감사하다니 악수는 받겠습니다."

멜라니는 씩 웃으며 강찬의 손을 세게 쥐었고 그 순간, 멜라니의 머리 위로 환한 빛이 터져 나왔고 설마, 하는 생각에 강찬의 눈이 커졌을 때. 꽃봉오리가 조금씩 고개를 치켜들며 꽃잎을 틔우기 시작했다.

'세상에.'

강찬의 시간만 느리게 흐르는 듯 꽃잎이 벌어지며 꽃이 개화하는 것이 선명히 보였다. 황홀한 광경에 넋을 놓고 구경하는 사이 꽃이 다 피었고.

[멜라니 로랑 (Mélanie Laurent)]

[발아 능력: 집중 - 개화 1단계]

[특징: 타인에 의하여 발아한 상태입니다. 발아 주체의 근처에서 멀어질수록 능력의 효과가 감소합니다]

강찬의 눈앞으로 반투명한 메시지창이 떠올랐다.

아쉽게도 멜라니의 능력은 연기가 아닌 '집중'이었다. 그렇다고 해서 그녀의 연기가 나아진 것이 없느냐, 하면 또 그건 아니다.

멜라니는 개화 전·후로 확 달라진 연기력을 선보였고 그 덕에 강찬은 휴고에게 뜨거운 눈길을 받아야 했다.

그리고 개화.

역사에 이름을 남길 수 있을 만한 능력이라 했던 '개화'를 한 사람이 드디어 강찬의 눈앞에 나타났다.

'한데 1단계라니······.'

강찬을 과거로 돌려보내 준 '여자'는 개화가 끝이라 했다. 하지만 개화에도 1단계가 있는 것을 보면 끝이 아닌 또 다른 시작인 것으로 보이는 상황.

그 여자가 다시 나타난다면 물어보기라도 보겠지만 강찬이 보고 싶다는 생각을 한다고 오는 여자가 아닌지라 어쩔 도리가 없었다.

그렇게 한 달이 더 지나 11월이 되었을 무렵.

"한 번만 보여주십시오."

"······알겠습니다."

멜라니 사건 이후, 배우들은 시도 때도 없이 강찬에게 연기를 보여 달라 했고 강찬은 그들의 이해를 돕기 위해 연기를 보여주어야 했다.

그 결과.

[견자단(甄子丹)]

[발아 능력: 액션 - 4단계.]

[특징: 타인에 의하여 발아한 상태입니다. 발아 주체의 근처에서 멀어질수록 능력의 효과가 감소됩니다]

산세베리아 같이 생긴 견자단 또한 머리 위에 빛으로 된 꽃봉오리를 만들어내며 발아를 하는 데 성공했다.

액션이 무려 4단계에 이르러 있는 그의 액션 연기는 물이 올랐다는 표현이 부족할 정도로 완벽해졌으며 곁에서 보고 있는 것만으로도 공부가 될 정도로 엄청난 실력을 보였다.

그가 액션을 시작하면 그와 합을 맞추던 엑스트라들의 실력까지 향상되는 것 같아 보였고 그 덕에 무술 감독은 견자단의 열렬한 팬이 되었다.

영화를 시작한 지 6개월 차, 강찬의 사무실.

뉴욕에서의 촬영을 끝내고 이제 최대 규모의 전투신 촬영만 남은 상황이었다.

"이제 두 달이면 촬영은 끝나겠는데요?"

강찬의 말에 스케줄 표를 정리하던 파라가 놀라며 물어왔다.

"한 장면에 두 달이나 걸려요?"

"예. 10분이 넘는 데다 롱 테이크도 꽤 많으니까요. 게다가 휴고와 여름이를 최대한 멋있게 보여줘야 하기도 하고…… 아마 재촬영이 꽤 많을 거예요."

"그래서 두 달이구나."

고개를 끄덕인 파라는 메일을 확인하더니 이내 강찬에게 물었다.

"저번에 나갔던 제시카 몰렌 쇼 기억하세요?"

제시카 몰렌 쇼라면 두어 달 전, 이여름과 함께 나갔던 NBC의 토크쇼. 기억을 더듬은 강찬이 아, 예 하고 대답하자 파라가 말을 이었다.

"거기서 이번에 감독님 영상을 재생했는데 반응이 엄청났어요."

"영상이요?"

"한 달쯤 전에 뉴욕에서 촬영할 때, 제가 멜라니 연기랑 감독님 연기 비교한 영상 올린다고 했었잖아요?"

"예. 그랬었죠."

"그거 편집해서 올린 게 2주 전이거든요. 뭐 어쨌거나, 그 영상을 제시카 몰렌 쇼에서 틀었는데 반응이 너무 좋아서 감독님이 한 번 더 나와주시길 바라는 눈치예요."

"똑같은 쇼에 한 번 더 나가는 건 좀 그렇지 않나요?"

그의 말에 고개를 끄덕인 파라가 자신의 모니터를 돌리며 말했다.

"예. 그래서 다른 프로그램이에요. 혹시 투나잇 쇼라고 아시나요?"

강찬은 모니터에 떠 있는 'NBC THE TONIGHT SHOW'의 로고와 제이 레노의 얼굴을 보고선 침을 꿀꺽 삼켰다.

◀ 7장 ▶
동시제작(1)

　더 투나잇 쇼.

　한국에서는 그다지 유명하지 않은 쇼지만 미국에서는 1950년 대부터 진행되어온 유서 깊은 토크쇼 중 하나다.

　흔히들 '코난 쇼'로 알고 있는 코난 쇼의 진행자. 코난 오브라이언이 진행자로 잠깐 스쳐 간 토크쇼이지만 코난이 진행자를 맡는 기간은 2009년에서 10년 사이이니 지금은 그의 전임자이자 후임자인 제이 레노가 진행을 맡고 있는 시기다.

　'재미있는 사건이 있었지.'

　사건 자체가 워낙 길기에 짧게 정리하자면 당시 최정상 쇼호스트였던 제이 레노와 코난 중 조금 더 인기가 있는 제이 레노를 밀어주기 위해 NBC 방송국 자체에서 코난 오브라이언을 내친 사건이다.

그대로 무너질 수도 있는 위기였지만 코난 오브라이언은 위기를 기회로 삼아 바이아웃 선언을 한 뒤 TBS 방송국으로 옮겨 지금의 '코난 오브라이언 쇼'를 런칭해 세계적인 호스트의 자리에 오르게 된다.

그의 일대기를 생각하던 강찬은 고개를 휘휘 저은 뒤 본론으로 돌아왔다. 미국의 쇼 호스트하면 코난이 제일 먼저 생각나 다른 길로 샜지만, 지금의 호스트는 엄연히 제이 레노.

그는 미국을 대표하는 남자 코미디언이자 NBC의 남자라는 별명이 있을 정도로 총애를 받는 쇼 호스트다.

영향력만 따지자면 전에 강찬이 출연했던 제시카 몰렌 쇼는 반딧불이이며 더 투나잇 쇼는 태양이라 보아도 무방한 수준.

강찬이 파라에게 물었다.

"일정은 잡혔나요?"

"아뇨. 아직. 두 달 정도는 시간 있어요."

파라의 말에 달력을 한 번 훑은 강찬이 장을 넘겨보며 말했다.

"내년 초는 어때요?"

"1월 초요? 그때는 봐야 알 것 같은데."

"중순도 상관없고요. 영화 촬영 끝난 다음에 후반 작업 들어가면서 홍보차 나가면 괜찮을 것 같아서요."

좋은 생각이라는 듯 고개를 끄덕인 파라가 말을 받았다.

"후반 작업은 얼마나 보고 계세요? 3월 전이라고 하셨던 것 같은데."

"전까진 힘들 것 같고 3월 셋째에서 넷째 주 사이에 개봉할 거 같아요. 지금 두 PD님이 개봉 일자 잡으러 다니고 계시거든요."

강찬의 시선이 두 PD의 빈자리로 향하자 파라는 컴퓨터로 강찬의 스케줄 표를 띄운 뒤 입술을 두들기기 시작했다.

"3월 후반이라…… 그럼 1월 말에서 2월 초 사이면 개봉 날짜 확정 나겠네요?"

"그렇죠."

"그럼 그때쯤으로 잡아서 영화 홍보 한 번 제대로 하면 될 것 같네요. 아, 한국도 한 번 들리실 거죠?"

"그래야죠. 아, 2월하고 3월 스케줄은 전부 홍보로 돌리셔도 괜찮습니다."

강찬의 말에 파라는 입술을 두들기던 것을 멈추고 키보드를 두들기다 말했다.

"일단 미국과 한국, 그리고 중국은 무소선 가야 하고……. 다른 나라 중에 가보고 싶은 곳 있으세요?"

세계에서 가장 큰 영화시장은 단연코 북미다. 세계 최고의 영화산업 시장인 할리우드가 있으며 영화를 보는 이들의 인구 수 또한 엄청나기 때문.

2위는 중국이지만 그 규모 면에서 1위인 미국과 거의 2배에 가까운 차이가 난다. 3위는 영국이지만 3위인 영국 또한 2위인 중국과는 2배에 가까운 격차가 난다.

그 뒤로는 프랑스와 일본, 한국과 독일 등 그리고 호주 등이 있다.

"호주나 프랑스?"

"휴고랑 멜라니 고향이요? 하긴 그쪽 출신 배우들하고 토크 쇼 같은 거 나가서 홍보하면 효과는 제대로긴 하겠네요. 그쪽도 한 번 알아볼게요."

한국은 강찬의 나라기에 당연히 들려야 하는 것이고 미국과 중국은 1, 2위의 나라기 때문. 그리고 다른 나라의 영향력 또한 무시할 수 없기에 여러 나라를 돌아야 할 것이었다.

한 나라에 사흘 정도의 시간을 투자하는 것만으로 그 나라에 이름을 알릴 수 있고 감독과 배우, 그리고 영화의 제목을 알리는 것은 엄청난 광고 효과가 되어 영화 수익에 영향을 줄 것이 분명했다.

"그럼 부탁드리겠습니다."

파라는 안민영에게 옳은 듯 자신 있게 오케이, 하고 외친 뒤 키보드를 두들기며 말을 이었다.

"그럼 일단 다섯 나라 후보에 올려둘게요. NBC가 다른 나라에도 지사가 있던가?"

그녀는 혼잣말을 중얼거리며 광고 일정을 잡기 시작했다.

12월 27일.

크리스마스의 다 다음 날이자 '지킬 앤 하이드'의 마지막 촬영 일. 5월에 시작해 7개월간 이어진 촬영의 마지막 신, 그리고 영화의 대미를 장식할 최종 전투 장면의 촬영만 남은 상황.

"세트장, 진짜 잘 지었단 말이지."

"그럼, 누가 지은 건데."

강찬이 새삼 놀라며 주변을 둘러보자 서대호가 답했고 강찬은 고개를 끄덕였다.

크리스마스 겸 사흘의 휴식을 거치고 돌아온 세트장은 지난 두 달간 보아도 매번 새로웠다. 촬영이 진행될수록 원래 모양을 가지고 있던 것들을 하나둘씩 부쉈기 때문.

지난 두 달간 이어진 촬영 덕에 남은 것은 바닥 지형뿐이었다.

"정 팀장님이 잘해주신 덕이지."

강찬이 직접 캐스팅한 소품 팀의 팀장인 정기태는 미국까지 함께해 이번 영화 '지킬 앤 하이드'에 사용되는 모든 소품을 담당해 주었다.

작게는 소도구부터 크게는 지금 촬영하고 있는 세트장까지 모두 그의 손끝에서 탄생한 작품이었다.

지금까지 연극만 했기에 CG 팀과 처음 작업하는 것을 힘들어하지 않을지 걱정했지만, 박한길 아래서 배운 덕일까, 그는 강찬이 원하는 바를 정확히 캐치해 그대로 소품으로 만들어주었고 이번 영화를 찍으며 단 한 번도 소품에 대해 신경을 쓰지 않게 해주었다.

"CG팀 말 들어보니까 미국에서도 이 정도 실력 가진 사람 캐스팅하려면 돈이 문제가 아니라고 하더라. 은근 부러워하는 눈치야."

서대호의 말에 강찬은 다른 핀트로 놀랐다. 도대체 CG팀하고는 언제 친해져서 저런 말을 들은 건지.

"영어도 좀 늘었나 보다? CG팀하고 얘기도 하고."

"미국에 산 게 몇 달인데. 말은 좀 버벅거려도 리스닝은 이제 오케이다."

"그놈의 오케이, 안 PD님 때문인가. 요즘은 스태프들도 다 오케이 한다니까."

"미국 사람들이랑 부대끼다 보니까 그런 거 아냐?"

"그거랑은 다른 뭐랄까, 안 PD님만의 오케이~ 하는 톤이 있어."

강찬과 서대호가 시답잖은 이야기를 나누는 사이 스태프와 배우들이 하나둘씩 도착해 각자의 할 일을 시작했다.

스태프들은 오늘 촬영에 필요한 장비를 정리하고 옮기기 시작했으며 일찍 도착한 배우들은 대본을 보거나 연기 연습을 하고 있었다.

두 사람의 시선이 허공을 맴돌 때, 서대호가 말을 꺼냈다.

"오늘이 끝이네."

"딜레이만 안 되면."

"무서운 소리를……."

강찬의 말에 소름이 돋는지 팔뚝을 문지른 서대호는 이내 짧은 한숨과 함께 세트를 바라보며 말을 이었다.

"벌써 네 편이 끝나가네. 너랑 급식 먹으면서 영화감독 이야기하던 게 엊그제 같은데."

"그게 몇 년 전인데."

"얼마 안 됐지? 우리가 열아홉에 그 이야기했고 이제 스물둘이니까."

오늘이 12월 27일이니 이제 나흘만 있으면 스물둘이다. 새삼 세월의 흐름을 느낀 강찬은 피식 웃으며 말했다.

"그때 기억나냐?"

"뭐?"

"너랑 나랑 장미꽃 하나 달랑 들고 진주 캐스팅하자고 찾아갔던 거."

그때가 생각났는지 서대호가 푸흐흐, 웃으며 얼굴을 감싸며 말했다.

"도대체 무슨 생각이었지. 그때로 돌아간다면 다시 할 수 있을까 모르겠네."

"하지."

한 템포 빠른 대답에 서대호가 되물었다.

"한다고?"

"그럼, 당연히 해야지. 진주 덕에 배혜정 배우님 만났고 그 덕에 투자받아서 악당 찍은 거 아니냐."

"그것도 그렇지."

그렇게 한참 옛날이야기를 하는 사이 스태프들이 서대호를 찾았고 그는 '조금 있다가 회식 때 얘기하자.'라는 말을 남긴 뒤 그들에게로 달려갔다.

"걸어 다니는 꼴을 못 봐요."

누군가 자신을 부르면 항상 달려가는 모습에 스태프들 사이에서는 조감독이라는 이름보다 런닝맨이라는 별명으로 더 자주 불리는 이가 서대호였다.

그런 모습이 기반이 되니 어린 나이에도 저만큼 신뢰를 받고 친하게 지내는 것일 터.

그의 듬직한 어깨를 보던 강찬 또한 자신이 할 일을 찾아 준비된 필드 모니터 쪽으로 내려가 촬영 준비를 시작했다.

크로마키로 도배된 세트장 안.

초록색 타이즈를 입고 온몸에 센서를 붙인 휴고와 견자단이 서로를 마주 보고 있었다. 당장 웃음이 터져도 이해할 수 있는 상황, 하지만 두 사람은 부모님의 원수를 만난 이들처럼 서로를 노려보고 있었다.

'큐 사인 떨어지면 볼만하겠는데.'

때리고 부수는 것은 대부분 CG로 처리되지만, 표정이나 간단한 움직임은 배우의 움직임을 따서 하는 게 보정하기도 더 편하다.

두 사람의 얼굴 근육이나 팔다리의 움직임이 SVFX를 통한 CG 작업, 즉 특수효과의 뼈대가 되어줄 것이기 때문이다.

지금에야 볼품없지만 이렇게 고생해 촬영된 장면이 SVFX를 통해 괴물들의 도시 파괴 블록버스터로 거듭나게 될 터.

곧 엑스트라들이 세트 안으로 들어섰으며 강찬은 배우와 엑스트라들 사이를 돌아다니며 어디서 어떻게 넘어져야 할지 등을 상세히 코치했다.

그렇게 모든 준비가 끝났을 때, 강찬은 촬영장에 설치된 모든 카메라의 모니터가 한 눈에 보이는 필드 모니터에 자리했고.

"3, 2, 레디 액션!"

강찬의 큐사인과 동시에 두 초록색 쫄쫄이 배우의 연기가 시작되었다.

"지킬!"

"아니지."

견자단, 차이의 부름에 휴고, 지킬은 쓰고 있던 외눈 안경을 벗어 가슴 포켓에 넣었다. 그러고는 몇 번 고개를 흔들자 그의 눈이 천천히 번들거리기 시작했다.

마치 하나의 인격을 벗어던지고 새로운 인격이 나오는 듯한 연기. 강찬이 소리 죽여 감탄하는 사이 지킬의 눈은 미친 사람의 그것처럼 크게 뜨여 초점을 잃었다. 그리고 다시 초점이 잡힌 순간.

"하이드! 그게 내 이름이다."

지킬, 이제는 하이드를 받아들이고 인간의 선과 악에는 결과만 존재할 뿐 과정이란 중요하지 않다는 것을 깨달은 하이드가 차이를 벌하는 장면이 이어졌다.

차이는 괴물의 원조격인 하이드를 이길 수 없다는 생각에 자신의 약으로 만들어낸 슈퍼 솔져들을 대거 투입한다.

하지만 그것은 하이드의 화를 돋울 뿐, 그를 저지하지 못했고 결국 하이드는 그의 내면에 잠들어 있던 더 깊은 악을 깨워 더욱더 큰 괴물로 변하게 된다.

훗날 '더 딥(The Deep)'이라는 이름으로 등장하게 될 '지킬 앤 하이드'의 속편에 대한 떡밥을 남긴 채 지킬, 아니 하이드는 차이와 슈퍼솔져를 전부 쓰러뜨린다.

영화의 대미를 장식하는 전투 신은 여기서 끝이다. 하지만 강찬은 컷 사인을 울리지 않았다. 아직 하나의 컷이 더 남았기 때문.

배우와 스태프들도 그것을 알기에 조금 기다렸고 어느새 등장한 이여름의 얼굴이 카메라 앵글을 가득 채웠다.

시신들의 사이에서 자신의 약물이 만들어낸 피해와 희생, 그리고 욕망을 되새긴 그는 다시는 이런 일이 일어나지 않게 하겠다는 다짐과 함께 자리에서 일어서는데 그와 동시에 그의 앞에 서 있는 이여름, 방관자와 마주치게 된다.

두 캐릭터의 시선이 마주치는 순간.

"오케이 컷!"

강찬의 컷 사인과 함께 와! 하는 함성이 터져 나왔다. 특히 한국에서 온 스태프들은 더욱이나 심했다.

가정이 있는 이들도 있는데 근 1년간 생이별을 했으니 집이 그립기도 할 터. 그래서 더욱 서두른 감이 있기도 하다. 새해는 가족과 보내게 해주고 싶었기에.

현지에서 고용된 스태프들도 해가 넘어가기 전 끝났다는 것에 안도의 한숨과 환호를 동시에 보내고 있었다.

"모두 수고하셨습니다."

강찬의 한 마디와 함께 여러 스태프가 서로의 고생을 치하하며 인사를 나누었고 메인 스태프들이 강찬에게 다가와 악수를 건넸다.

"고생하셨습니다."

"고생은 뭘요. 오히려 메인 스태프분들이 모자란 감독하고 일하시느라 고생 많으셨죠."

"모자라긴, 저희가 모자랐죠."

강찬과 메인 스태프들이 서로의 모자람을 자랑하는 사이 다른 배우들 또한 인사를 하러 왔다. 그게 점점 길어져 10분이 지나갈 무렵.

짝, 하고 크게 손뼉을 친 강찬이 말했다.

"자자, 축하, 인사, 감사, 격려, 환호는 다 마무리하고! 회식 장소 좋은데 빌려놨으니 거기 가서 하시고! 일단 일부터 끝내죠!"

강찬의 말에 감독과 배우들은 고개를 끄덕였고 곧 스태프들은 장비를 정리하러, 배우들은 화장을 지우고 옷을 갈아입으러 빠르게 움직였다.

그들을 바라보던 강찬은 오늘의 촬영분 세 개의 외장 하드에 복사해 담은 뒤 하나는 서대호에게, 하나는 자신이. 나머지

하나는 편집팀에게 보냈다.

한 시간 정도가 지나 모든 작업이 마무리되었을 때.

"자 그럼 갑시다!"

강찬은 모든 영화 관계자들과 함께 미리 빌려둔 펍으로 향했다.

촬영 종료 일주일 후.

더 투나잇 쇼 백 스테이지. 강찬의 대기실.

넥타이를 매다 만 강찬이 안민영을 바라보며 말했다.

"한 거랑 안 한 게 그렇게 차이 나요?"

"응. 그러니까 매."

그녀의 단호한 태도에 강찬이 입술을 비죽이며 말했다.

"가끔 보면 우리 엄마보다 더하다니까."

"그럼 더했으면 더했지 덜 하진 않았을걸? 내가 강 감독 부하직원이라 이 정도만 하는 거지……."

강찬은 안민영의 잔소리가 길어질 기미가 보이자 빠르게 그녀의 말을 끊었다.

"알았어요. 넥타이 매면 되잖아요."

"그래."

강찬이 거울을 보며 넥타이를 매는 사이 안민영이 거울을 통해 그와 눈을 맞추며 물었다.

"왜 넥타이를 싫어해?"

"아버지가 싫어하셨거든요. 그거 보고 자라서 그런가, 저도 거부감이 들더라고요."

안민영은 궁금하다는 듯 눈을 반짝였고 강찬은 시계를 슬쩍 본 뒤 말을 이었다.

"아버지께서 독립 영화를 하셨거든요."

"응. 그건 알지."

"그거랑은 별로 관계없나? 어쨌거나 사회에 순응하는 걸 별로 안 좋아하셨어요. 어느 날인가, '개한테 목줄을 채우는 이유가 뭔 줄 아니?' 하고 물으시기에 전 '못 도망가게 하려고?'라고 대답했거든요. 그랬더니 아버님께서는 '자기 위치를 알려주려는 거다. 넌 내 손아귀에서 벗어날 수 없다. 하고 말하는 거지. 내 눈에는 넥타이도 그렇게 보인단다. 결국은 사회가 사람에게 채우는 목줄하고 다를 게 없지 않아 보이더구나. 매일 아침 제 목을 죄고 회사로 출근하는 이들을 보면 더욱이나 그렇고.' 하고 말씀하셨죠."

그녀는 이해하려는 듯 천천히 고개를 끄덕이다가 이내 말문을 열었다.

"그렇게 볼 수도 있겠네."

거울을 보며 단정히 매인 넥타이를 쓰다듬던 강찬은 안민영을 향해 돌아보며 말했다.

"예. 그래서 넥타이를 찰 때면 항상 그 말이 기억나더라고요. 그래서 잘 안 차게 되고 뭐 그런 거죠."

"그래도 잘 어울리니까 내 얼굴 봐서 오늘만 하는 거로!"

"예, 예, 우리 안 PD님 말씀인데 까짓 넥타이 한 번 매는 게 대수겠습니까."

두 사람이 미소를 짓는 사이, 스태프가 문을 두들겼고 10분 뒤 촬영이 시작된다 말했다. 강찬은 넥타이를 매느라 내려두었던 대본을 들고 다시 한번 숙지해 나갔고 안민영은 그의 앞에 다리를 꼬고 앉아 말했다.

"잘하고 오고."

"예."

"끝날 시간에 차 보낼게."

"미팅 있으시다고 했죠?"

"응. 그럼 강 감독 파이팅!"

"안 PD님도 파이팅!"

이제는 그녀의 트레이드마크가 된 것 같은 '오케이' 소리와 함께 안민영이 나가자 강찬은 어색한 침묵 속에서 홀로 대본을 읽어나갔다. 그렇게 10분 정도가 지났을 때.

"미스터 강, 가실 시간입니다."

"예."

강찬이 토크쇼 무대로 발걸음을 옮겼다.

강찬이 무대 뒤에 섰을 때 제이 레노가 말했다.

"저는 영화를 굉장히 좋아하는 편입니다. 특히나 배트맨과 슈퍼맨같이 지구를 지키는 히어로들을 좋아하죠. 물론 우리를 위해 악당과 싸워주는 히어로를 싫어하는 사람이 있을까 싶습니다만."

그는 관객들의 호응을 유도하며 말을 이어갔다.

"그래서 오늘의 만남이 더욱 기대됩니다. 만약 그 사람이 영화보다 세계 평화에 더 관심이 있었다면 모두가 아는 히어로가 되었을지 모를 정도로 뛰어난 사람이니까 말입니다."

메인 MC인 제이 레노의 말이 끝나자 서브 MC 캔달이 그의 말을 받았다.

"우리는 다행이죠. 미스터 강이 영화에 관심을 가져준 덕에 훌륭한 영화를 매년 기대할 수 있게 되었으니까요."

"소개합니다. 선댄스 키드로 화려하게 데뷔해 이제는 할리우드를 전율시키고 있는 신인 감독, 미스터 강! 나와 주세요."

제이 레노의 소개와 함께 음악이 울려 퍼졌다. 강찬이 경쾌한 발걸음으로 무대 위로 올라가자 제이 레노와 캔달 두 사람이 자리에서 일어서며 강찬을 맞이했다.

"반갑습니다."

"만나서 영광입니다, 강!"

"저도 영광입니다. 제이."

관객석에서 박수가 쏟아지는 사이 포옹과 악수를 나눈 제이 레노는 자신의 책상으로 돌아갔고 강찬과 캔달은 책상의 옆에 놓인 소파에 앉으며 투나잇 쇼가 시작되었다.

"저와 같이 영화에 관심이 많은 사람이라면 강의 얼굴을 보는 순간 환호를 했겠지만 그렇지 않은 사람들도 있겠죠? 그들을 위해 간단한 소개 부탁드립니다."

제이가 불이 들어온 카메라를 가리키며 말했고 강찬은 카메라를 바라보며 고개를 숙였다.

"세 편의 영화감독이자 대학생, 그리고 한국인이며 1억 불의 수익을 올린 강찬입니다."

짧막하지만 인상적인 소개에 관객은 환호했고 제이와 캔달을 호, 하는 감탄사와 함께 손뼉을 쳤다.

"전혀 어울리지 않는 단어들이 하나로 뭉쳐 있으니 꽤 멋져 보입니다. 저도 나중에 한 번 따라 해봐야겠습니다. 백인, 코미디언, NBC 투나잇 쇼의 제이 레노입니다."

그는 강찬의 소개가 마음에 들었는지 껄껄거리고 웃더니 말을 이었다.

"하나씩 뜯어보죠. 세 편의 영화감독이라고요."

"예. 이번 영화 '지킬 앤 하이드'로 세 편을 마무리 지었죠."

"21살이라는 나이가 믿기지 않을 정도의 커리어군요. 집이 아주 잘 사나요?"

"마크 저커버그의 집이 부자는 아니었죠."

페이스북의 설립자인 마크 저커버그의 이름이 나오자 제이가 씩 웃으며 말을 받았다.

"그건 그렇죠. 커리어의 척도가 가족의 자산은 아니니까 말입니다. 그럼 질문을 좀 바꿔보죠. 영화를 찍는 건 아주 많은 돈이 들어가는 거로 알고 있습니다. 그런가요?"

"인식은 그렇죠."

"인식이라. 그럼 현실은 다르다는 말인가요?"

강찬은 자신이 처음으로 제작했던 영화 '우리들'을 예로 들며 대답했다.

"제가 고등학교 3학년 때 제작했던 첫 영화가 있습니다. 제목은 '우리들'이었고 러닝타임은 30분 정도였죠. 제작비용은 1만 달러 정도였습니다."

"1만 달러면 적은 돈은 아니지만 영화 제작 비용으로 보자면 굉장히 적은 돈이죠?"

"예. 하지만 19살짜리가 만들기에 쉬운 돈은 아니죠."

"그럼 강은 그 돈을 어떻게 만들었습니까?"

"빌렸죠."

"하하하, 간단하네요. 그럼 아까 한 말이랑은 조금 다르지 않습니까? 많은 돈이 들어가는 게 아니라고 했던 것 같은데 말입니다."

"말 그대로 '인식'이 달라졌으면 해서요. 영화를 좋아하는 사람은 많습니다. 그만큼 영화를 만들어 보고 싶어 하는 사람도 많죠. 하지만 '영화'라는 단어가 가진 벽이 너무 높다 생각하기에 시도도 전에 포기하는 사람이 너무 많아요. 하지만 여러분이 생각하는 것보다 벽은 낮습니다. 이걸 말하고 싶었어요."

강찬의 말에 제이가 오, 하는 탄성을 흘리며 고개를 끄덕였다.

"멋진 말이군요. 벌써 후진 양성을 생각하는 겁니까?"

"후진이라기보다는 더 많고 다양한 작품을 보고 싶은 영화인으로서의 마음이라 해두죠."

"만 달러만 있으면 당신도 영화를 만들 수 있습니다! 하지만 당신은 '강찬'이 아닙니다! 하고 말하는 것 같군요."

"그럴 리가요."

"시청자 여러분은 아셔야 합니다. 이 말을 한 사람은 '천재 감독' 미스터 강이라는 걸."

제이는 손가락까지 짚어가며 강조를 했고 강찬은 쓴웃음을 흘릴 수밖에 없었다. 한바탕 웃음과 농담이 지난 뒤, 제이가 강찬을 바라보며 말했다.

"그럼 두 번째, 대학생이라고 했죠?"

"예."

"학교 친구들은 뭐라고 합니까?"

"안타깝게도 친구가 없어서요."

"친구가 없다고요? 만약 내가 강과 같은 대학을 다닌다면 무슨 수를 써서라도 친구를 했을 것 같은데."

"아쉽게도 학교를 나갈 시간이 거의 없어서요. 저도 제이 같은 친구가 있었다면 좋았을 텐데 말이죠."

강찬의 말에 제이가 눈웃음을 짓더니 손을 내밀었다.

"그럼 오늘부터 친구 하기로 하죠. 나이 많은 친구 어떻습니까?"

"좋죠."

과장된 몸짓으로 악수를 마친 제이는 '앞으로 잘 부탁합니다. 친구' 하고 말하곤 다음 질문으로 넘어갔다.

"세 번째는…… 한국인. 오, 사과부터 해야겠군요."

제이가 사과의 의미로 손을 내밀자 강찬은 고개를 저었다.

"제가 아니라 시청자분들에게 하시는 게 옳을 것 같네요."

그러자 제이 레노는 자리에서 일어서서 카메라를 보며 말했다.

"전부터 사과해야 한다 생각하긴 했습니다만 타이밍이 맞지 않아 좀 늦어졌습니다. 조금이 아니라 6년이긴 하지만 공소시효가 남아 잘못한 게 사라지진 않으니까요. 제 마음의 짐 또한 마찬가지고 말입니다. 2002년 당시 경솔했던 발언으로 마음의 상처를 입으신 분들께 진심으로 사과드립니다."

제이 레노는 2002 솔트레이크시티 동계올림픽 올림픽 쇼트트랙 부문에서 김동성이 아폴로 안톤 오노의 할리우드 액션으로 인해 실격당하자 김동성을 비하하는 개그를 하고 난 뒤 한국인들은 옆 사람과 이야기는 안 하고 휴대폰으로 만화나 보는 멍청이라는 말을 한 적이 있었다.

'난리도 아니었지.'

당시 제이 레노는 한국에서 유명하지 않아 크게 이슈가 되진 않았었지만 안톤 오노는 매국노 혹은 역적 그 이상의 취급을 당하고 있었다.

"자 그럼 당신의 모국, 한국에 대해 말씀해 주시겠습니까?"

"아주 빠른 나랍니다."

"……끝입니까?"

"예. 더 이야기하려면 3박 4일 정도 걸리는데 들어보실래요?"

"하하하, 그건 다음에 시간이 된다면 '한국의 역사' 특집으로 따로 초청하겠습니다. 그럼 마지막 질문드리겠습니다. 1억 불의 사나이. 강의 영화 '악당'과 'TWO BASTARDS' 두 편의 월드 와이드 스코어였죠?"

"예."

"대단하네요. 데뷔와 동시에 두 편의 영화로 1억 불이라. 1년에 한 편씩 꾸준히 찍고 있는데 계속 흥행하는 것도 그렇고 말입니다. 이번 영화는 어떨 것 같습니까?"

"목표는 월드 와이드 5억 불입니다."

"다섯 배가 뛰었군요. 목표를 이룰 수 있을 거라 보십니까?"

"예."

생각도 하지 않은 듯 즉각 튀어나오는 대답에 제이가 눈썹을 치켜뜨며 말했다.

"자신이 있으신가 봅니다."

"아주 훌륭한 배우분들, 그리고 스태프분들과 함께했거든요. 흥행하지 않을 수 없는 작품입니다."

"그래요? 그럼 한 번 봅시다. 물론 개봉까지 두세 달이 남은 지금 전부를 볼 순 없고. 강이 준비한 티저부터 보시죠."

제이의 말에 세트 한가운데 위치한 커다란 모니터에 불이 들어왔고 '지킬 앤 하이드' 그리고 '다크 유니버스'의 로고가 떠올랐다.

"어쩌다 보니 더 투나잇 쇼에서 최초 공개를 하게 되네요."

"영광입니다. 그럼 보시죠."

곧바로 영상이 재생되었다. 유니버설의 로고와 ATM의 로고가 빠르게 지나간 직후, 지킬 그러니까 휴고가 지킬과 하이드를 오가는 장면이 교차 편집되어 스쳐 지나간다.

직후 휴고는 선과 악에 대해 홀로 고민하고 견자단이 돈을 생각하는 장면이 지나가게 되며 마지막 전투 신이 시작되며 티저가 끝났다.

"와."

"칭찬인가요?"

"당연한 거 아니겠습니까? 이런 영상을 보고 기대를 하지 않는다면 감정 불구거나 눈이 없거나. 둘 중 하나일 겁니다."

제이 레노는 몇 번 손뼉을 치더니 말을 이었다.

"생각보다 어두운 분위기에 조금 당황하긴 했습니다만 30초짜리 티저만으로 이렇게까지 사람을 흥분시킬 수 있는 영화라면…… 5억 불, 아니, 그 이상 가능할지도 모르겠습니다."

"고마워요."

"고맙긴, 이런 영화를 만들어준 것에 대해 내가 감사하는 게 맞을 것 같은데 말입니다. 개봉이 언제라고 하셨죠?"

"3월쯤일 겁니다."

"여러분 들으셨죠? 3월이랍니다. 내 생각에는 지금부터 예매해도 될 것 같아요. 왜냐면 3월에 표를 구하려면 5월 걸 구해야 할 것 같기 때문이죠."

제이는 익살맞은 표정으로 상잔을 바라보너니 이내 다시 진중한 표정을 하고선 말했다.

"감독이라 하면 생각나는 일들이 있습니다. 의자에 앉아 배우들의 연기를 코치하고 자신이 원하는 연기를 뽑아내는 건데 강은 일반적인 감독들과는 좀 다른 방식으로 하신다고 들었습니다."

"예."

"직접 연기를 보여주신다면서요? 게다가 연기를 보여주는 장면이 굉장히 이슈가 되었죠. 제가 인터넷에서 볼 정도면 말을 다한 거기도 하고 말입니다."

제이는 엄지를 척 치켜들며 말을 이었다.

"연기 잘하던데 따로 배우신 겁니까?"

"아뇨. 누군가에게 배운 적은 없습니다."

"그럼 타고났다?"

할 말이 없어진 강찬이 멋쩍게 웃자 제이는 짝하고 손뼉을 친 뒤 커다란 모니터를 가리키며 말했다.

"못 본 분들도 계실 테니 한 번 보고 넘어가죠. 한 달 전쯤 인터넷상에서 이슈가 되었던 '연기력까지 타고난 강'의 연기 영상입니다."

제이가 신호를 주자 모니터에 강찬과 멜라니의 모습이 떠올랐다. 그리고 곧바로 재생.

NG가 났을 때 멜라니의 연기, 강찬의 지도, 지도 후 달라진 멜라니의 연기 순으로 재생이 된 뒤 세 장면을 화면 분할로 동시에 재생이 되었다.

'깔끔하네.'

강찬은 새삼 놀라는 표정을 지으며 오, 하는 탄성을 흘렸다.

물론 자신의 연기를 보고 놀란 것은 아니었다. 영상의 포인트를 잡아 편집하는 기술이 탁월한 수준이었기 때문.

파라가 가진 발아의 식물은 '심미안'. 이번 영상 또한 그녀의 능력이 빛을 발한 것으로 보였다.

곧 영상이 끝나자 환호와 박수가 쏟아졌고 제이는 코끝을 쓱 문지르며 말했다.

"잘하시네."

"감사합니다."

"빈말이 아니라 진짜로. 저 역할에 멜라니 로랑이 아니라 강이 들어간다 해도 전혀 위화감이 없겠습니다. 물론 캐릭터나 배우에게 개성이 없다는 소리는 아닌 거 아시죠?"

"그럼요."

"그만큼 캐릭터에 몰입한 게 느껴져서 하는 말입니다."

제이는 멈춰있는 화면 속 강찬과 자신의 옆에 앉아 있는 강찬의 얼굴을 몇 번이나 번갈아 보더니 손을 휘휘 저으며 말했다.

"한 번 더 보죠."

2분도 되지 않는 짧은 영상이 한 번 더 재생되었다. 영상이 재생되는 동안 눈도 깜빡하지 않은 제이는 감동을 받은 표정으로 고개를 주억였다.

"멋집니다. 내 눈앞에 있는 사람은 어디서나 볼 수 있는 흔한 학생인데 모니터 앞에 있는 사람은 영락없는 천재 감독이네요. 그 갭에서 오는 차이도 꽤 멋진 것 같습니다."

제이의 말이 끝나자 관객들이 환호로 그의 말에 힘을 보탰다.

"감사합니다."

"그건 그렇고 연기를 배운 적 없이 저런 연기가 나온단 말입니까?"

"제가 만든 캐릭터라 그런지 몰입이 쉽더라고요."

"……자기소개할 때부터 알았지만, 굉장히 뻔뻔한 사람이셨군요. 하지만 잘 생긴 사람이 자기 잘 생겼다 하면 재수가 없으면서도 정이 가듯, 강이 당연한 듯 말하니 정말 당연한 것처럼 느껴지는군요."

"칭찬으로 듣죠."

제이 레노는 수십 년간 토크쇼의 MC를 보아온 사람답게 물 흐르듯 편안하게 쇼를 진행했고 강찬은 시간 가는 줄 모르고 그와 대화를 나누었다.

더 투나잇 쇼 이후 일주일.

강찬은 미국 내 방송사들을 돌며 토크쇼에 출연하며 일정을 소화했다. 그간 베일에 싸여 있던 강찬의 이미지가 소비되기 시작하며 수많은 시청자가 열광했고 그 반사효과로 ATM 홈페이지 또한 수많은 방문자로 행복에 겨운 비명을 질렀다.

매일 쇄도하는 광고와 협찬 문의에 파라는 퇴근까지 반납한 채 자신의 팀과 함께 야근에 돌입했으며 강찬 또한 그녀가 맞춰주는 스케줄에 따라 바쁘게 움직이며 영화를 홍보하는 데 힘썼다.

그리고 1월 중순. 오늘.

"후으으읍."

새벽 비행기로 인천 공항에 도착한 강찬은 숨을 크게 들이쉬었다.

"드디어 한국이다."

1월 새벽의 공기가 폐부 깊게 들어오는 것을 느끼던 것도 잠시. 강찬이 입국하길 기다리며 따개비처럼 창문에 붙어 있는 기자들, 그리고 그들의 카메라가 뿜어대는 플래시 불빛에 강찬의 미간이 구겨졌다.

"저걸 또 어떻게 뚫어."

"경호팀 대기 중이니까 걱정하지 말고."

강찬의 한숨에 안민영이 그의 어깨를 툭툭 두들기며 말을 받아주었다. 이제 '지킬 앤 하이드'까지 성공시키고 난다면 지금의 배가 넘는 기자들이 달라붙을 터. 그때를 잠깐 상상해 본 강찬이 고개를 휘휘 저었다.

그때, 강찬의 뒤로 휴고가 다가오며 물었다.

"무슨 이야기 하고 있었어요?"

"아, 기자들 이야기요."

이번 방한에는 강찬뿐만 아니라 '지킬 앤 하이드.'의 주연들 또한 모두 함께였다. 휴고와 멜라니, 견자단과 제임스. 그리고 이여름까지.

다섯 배우와 강찬이 함께 공항에 발을 들이자 출입국장이 잠시 마비될 정도의 인파가 모여들었다. 이럴 것을 예상한 안 민영이 평소 경호팀의 5배가량의 인원을 불렀음에도 인파 때 문에 걷기조차 힘든 상황.

강찬 사단은 거의 30분에 걸쳐 간신히 공항을 빠져나온 뒤 에야 버스에 오를 수 있었다. 미리 준비된 버스에 오른 강찬이 한숨을 쉬며 늘어졌을 때.

그의 핸드폰이 울렸다. 어지간한 전화면 안 받고 그냥 쉬어 야겠다 하는 생각을 하며 핸드폰을 꺼냈을 때.

액정에 뜬 이름을 본 강찬의 눈이 동그래졌다.

[봉준혁 감독님]

'이분이 왜?'

전화로 할 이야기가 아니라는 말에 강찬은 다음 날, 봉준혁을 만나기로 약속을 잡았다.

그렇게 휴식을 취한 다음 날, 서울 근교에 있는 한 카페.

"오랜만에 뵙습니다."

"이야, 반가워."

강찬이 카페 안으로 들어오자 곱슬머리를 하나로 묶은 봉준혁이 자리에서 일어서며 그를 맞이했다.

간단히 악수를 나누고 자리에 앉자 그가 먼저 말문을 열었다.

"일도 일이지만 일단은 축하해. 엄청 잘 나가던데?"

"감사합니다."

"한국에서도 난리야. 얼마 전에 미래대에 플래카드 걸린 거 봤어? 내가 영화 만들 때는 그런 거 한 번 안 해주더니."

"플래카드요?"

"몰랐구나. 1억 불 달성 파티했던 때, 한국에서도 엄청 크게 이슈 됐었잖아. 그때 미래대에 플래카드 걸렸거든. '영상과 재학생 강찬, 최연소 1억 불 달성 감독 축하.' 이런 거로 말이야."

강찬이 전혀 몰랐다는 듯 눈을 크게 뜨자 봉준혁이 말을 이었다.

"하긴 NBC 토크쇼에 단독 게스트로 나오는 감독인데 대학 플래카드가 뭐 대수겠어."

"하하하, 아녜요. 모교에서 절 그렇게 생각해 주면 영광이죠."

"나가지도 않는다며?"

"정서적 모교랄까요."

그의 능청에 웃음을 터뜨린 봉준혁은 고개를 휘휘 저으며 말했다.

"그건 그렇고, 우범택 감독이라고 알아?"

"우 감독님이요? 예. 알죠."

우범택이라면 70년대 에로영화로 시작해 지금까지 쭉 영화감독 일을 해온 감독이다. 2~3년마다 신작을 내며 영화감독계의 원로라 불리고 있지만 괴팍한 성격과 끊임없는 추문으로 스캔들이 끊이지 않는 사람.

"그분 작품이 올해 개봉하거든."

말을 하는 봉준혁의 미간이 굳어 있는 것이 본론에 들어갈 모양, 강찬이 고개를 끄덕이자 그가 말을 이었다.

"근데 그 영화 개봉 일자가 강 감독 영화 개봉 일자랑 비슷하거든. 그래서 그쪽에서 푸쉬를 넣을 것 같더라고."

"······푸쉬를요?"

"아마 한 달쯤 딜레이 하라고 하겠지."

강찬이 어이가 없다는 듯 헛웃음을 흘리며 고개를 저었다.

"안 되죠. 이미 개봉 날짜 확정하고 광고 들어갔는데. 그분 영화는 아직 개봉 날짜 확정 안 된 거 아니에요? 제가 따로 들은 게 없는데."

우범택 정도의 감독 영화가 개봉한다면 강찬이 알아서 피했을 것이다. 스캔들이 끊이지 않는 사람이라 해도 일단은 업계의 선배고 그만큼 경력이 있는 사람이니 대우를 해주는 것은 당연한 처사.

하지만 이미 개봉일이 확정되어버린 상황. 지금 와서 개봉일을 미룰 수는 없었다.

"오늘 아침에 나왔어. 3월 29일."

강찬의 '지킬 앤 하이드' 개봉일은 22일. 즉 강찬의 영화가 개봉한 뒤 1주일 뒤에 개봉한다는 뜻이었다.

"강 감독은 생각도 안 하고 있다가 자기들보다 일주일 먼저 개봉한다니까 발등에 불이 떨어진 거지."

할리우드의 지원을 받는, 거기에 인터넷과 TV 모두에서 대중들에게 인지도를 얻고 있는 강찬과 정면대결을 하기는 부담이 된 모양이었다.

"뭐 강 감독을 대놓고 압박한다는 건 아니고. 그냥 내부에서 소문이 돌더라고. 우 감독님이 언짢아하신다, 손 없는 날로 골랐는데 손이 끼면 어쩌냐……. 이런 식으로 말이야."

"그렇군요."

"뭐, 나야 이왕이면 내 후배님이 더 잘되면 좋지. 개인적으로 강 감독 영화가 더 내 스타일에 가깝기도 하고. 객관적으로 봐도 잘 될 것 같기도 하니까 말이야."

문제는 상대가 우범택, 한국 영화계에 영향을 끼칠 수 있을 만한 인물이라는 것이다.

"강 감독이 유니버셜과 함께하고 있긴 하지만 한국 내에서는 눈에 보이는 활동을 한 적이 없잖아? 물론 성적이 모든 걸 증명하긴 하지만, 선배들 눈에는 좀 그래 보일 수도 있고 말이야. 내가 무슨 소리 하는지 알지?"

강찬의 기분이 상하지 않게 최대한 돌려 말하고 있긴 했지만 한 번에 알아들을 수 있었다. 결국, 선배 영화가 개봉하긴 하는데 실력으로 밀릴 것 같으니 나이와 경력으로 누를지도 모른다는 소리.

"감사합니다."

"감사는 무슨, 이게 다 뇌물이지. 나중에 나 할리우드 진출할 때를 위한 뇌물."

봉준혁은 강찬이 존경하는 감독 중 하나다. 거기에 강찬이 나타나기 전까지는 한국 영화계에서 가장 큰 주목을 받고 있던 감독이기도 했고.

질투할 법도 한데 후배라는 이유, 그리고 정이 간다는 이유만으로 이렇게 도와주는 것을 받고만 있을 강찬이 아니었다.

기회가 되면 도와주는 게 당연지사.

"그때 되면 확실히 도와드리겠습니다."

"그래. 그럼 잘 해결하고…… 영화 시사회 할 때 불러줘."

"네. 꼭 초대장 보내겠습니다."

봉준혁은 슬쩍 웃더니 자신의 앞에 놓인 커피를 한 번에 들이켰다. 그리곤 자리에서 일어서며 말했다.

"천만 파이팅!"

"넵!"

그렇게 봉준혁이 떠났고 홀로 남은 강찬은 미간을 구겼다.

'푸시라……'

간단히 말하자면 외압이다.

국내에서 가지는 영향력은 당연히 우범택이 위인 상황. 그가 파워 게임을 벌이며 강찬을 압박하기 시작한다면.

'배급사부터 막으려나.'

이미 백중혁과 유니버설을 통해 배급에 대한 계약은 끝난 상황이다. 이런 상황에 계약을 뒤집는다면 배급사들이 싸워야할 적은 강찬이 아닌 유니버설.

'그건 아닐 거고……'

정면 승부로 붙는다면 자신이 있었다. 들어간 자본과 함께하는 스태프들과 배우들 모두 강찬 쪽이 훨씬 우세했으니까.

저쪽이 우세인 것은 한국의 자본이 들어간 한국영화를 한국에서 개봉한다는 것뿐.

'알았으니까 됐다.'

IG 때와 같다. 지금 유리한 것은 일주일 먼저 개봉하는 강찬이기 때문에 먼저 움직일 필요는 없었다.

저들이 어떻게 움직이는지 동향을 파악한 후에 대처해도 충분한 상황.

"먹고 살기 힘들구만."

자기들이 더 노력해 올라올 생각은 하지 않고 위에 있는 사람을 자신의 옆으로 끌어내리려는 이들이 왜 이렇게 많은지.

생각을 정리한 강찬은 긴 한숨을 쉬며 자리에서 일어섰다.

'더 열심히 해야겠어.'

끌어내리려는 손이 닿지 않는 곳까지 올라가 버린다면. 저들 또한 어찌할 수 없을 테니까.

강찬은 스튜디오와 방송국을 오가며 작업과 홍보를 병행하며 바쁜 나날을 보내고 있었다. '지킬 앤 하이드'의 출연 배우들은 하루가 모자랄 정도로 많은 스케줄을 소화하고 있었지만, 천성이 연예인들인지라 힘든 내색을 보이진 않았다.

그렇게 한국 일정을 소화하길 일주일.

"지금까지 집계된 것만 해도 40억 이상이야."

"광고비만 따져서 말이죠."

안민영이 고개를 끄덕이며 차트를 내밀었다. 굳이 그녀의 말이 아니더라도 충분히 체감하고 있었다.

TV 채널을 돌릴 때마다 우범택 감독의 영화 '승리'의 광고 영상이 재생되었으며 인터넷과 길거리의 포스터까지.

대한민국 사람이라면 못 볼 수가 없을 정도로 많은 양의 광고가 쏟아지고 있는 상황.

심지어 '승리'의 개봉까지는 두 달 가까이 남은 시점이었다. 지금부터 두 달 내내 영화의 홍보를 하겠다는 심보.

"뭐하자는 건지를 모르겠네요. 자본은 어디서 난 거죠? 두 달 내내 광고 때리려면 40억 가지고는 모자랄 텐데."

"그러니까. 알아본 바로는 해외 자본이 들어온 것 같긴 한데 죄다 꿀 먹은 벙어리처럼 입을 다물고 있어서 파악이 안 돼."

"꿀이 아니라 다른 걸 먹었겠죠."

강찬의 시니컬한 반응에 그녀가 짧게 혀를 찼다. 분명 돈이 돌고 있다.

'자본이 안 될 텐데.'

'승리'의 제작비용은 100억도 안 되지 않는다. 물론 내수시장에서 100억의 제작비가 적다는 것은 아니지만, 100억 제작비 작품에 40억에 가까운 광고비용을 쓴다는 것 자체가 어불성설이다.

감독이나 배우들이 흥행보증수표로 불리는 이들이긴 하지만 천만 관객이 확실치도 않은 상황에 저렇게 광고비를 쏟아붓는다는 것은.

'날 넘겠다는 건가……'

40억이라는 광고비로 강찬을 넘어서고 한국 시장을 독점할 수 있다면 충분히 투자할 가치가 있다.

하지만 넘지 못한다면?

영화는 엄연히 사업이고 투자다. 만에 하나라도 영화가 흥행하지 못한다면 투자된 금액은 회수할 수 없어지고 빚의 나락에 빠지게 되는 건 당연한 일.

잠시 생각하던 강찬이 안민영을 바라보며 물었다.

"상영 점유율은요?"

"우리가 6 이상일 것 같긴 한데 확실하진 않아."

점유율은 두 가지로 나누어진다. 상영 점유율과 스크린 점유율.

여기서 중요한 것은 상영 점유율이다.

스크린 점유율은 말 그대로 하나의 관에서 어떤 영화를 상영하는가를 말한다.

간단히 예를 들면 1개의 상영관에서 A 영화는 제일 처음에 한 번만 상영하고, B 영화의 경우에 뒤에 9차례에 걸쳐서 상영한다.

여기서 두 영화의 스크린 점유율은 '50 대 50'이 된다.

스크린 점유율이, 상영 횟수와 상관없이, 한 영화가 한 번이라도 상영된 스크린 수를 기준으로 계산하기 때문입니다. 각각의 영화가 한 번씩 스크린을 점유한 게 되는 셈.

그렇기에 스크린 점유율은 아무런 의미가 없으며 상영 점유율, 즉 전체 상영회수 중 내 영화의 상영회수를 따지는 상영 점유율이 중요한 것이다.

6이라면 60%. 충분히 괜찮은 수치다. 고개를 끄덕인 강찬이 안민영에게 물었다.

"'승리'가 우리 개봉하고 1주일 뒤에 개봉이죠?"

"일단은 그렇지."

아직 정식으로 발표된 건 아니지만, 내부적으로는 그렇게 확정되어 있다고 알고 있는 상황. 하지만 촉이 좋지 않았다.

'차라리 앞으로 당기는 게 나을 텐데.'

강찬은 전 세계 동시 개봉이기에 함부로 상영 날짜를 바꿀 수 없었다. 하지만 '승리'는 국내 개봉만 확정된 상황.

조금 타격을 입을 각오로 강찬보다 일주일 빠르게 개봉해

버린다면 강찬을 이길 가능성을 조금이라도 높일 수 있을 것이었다.

한데 그러지 않는다는 것은.

곰곰이 생각하던 강찬이 무언가 생각난 듯 안민영을 바라보며 말했다.

"포스터요."

"응. 포스터가 왜?"

"거기 개봉 날짜 확실히 적혀 있었나요?"

"……응? 당연히 적혀 있지 않나?"

안민영은 자세히 본 적 없다는 듯 인터넷으로 포스터를 검색했고 이내 아, 하는 탄성을 흘렸다.

"3월 개봉…… 이라고만 되어 있네."

"개봉까지 두 달도 안 남은 상황에 3월 개봉만 쓰여 있다……이거죠."

"응."

"이거 잘못하면 뒤통수 맞을 수도 있겠는데요."

"날짜를 당길지도 모른다?"

"예. 우리야 전 세계 동시 개봉이라 못하지만, 저 사람들은 가능하잖아요. 이런 식으로 광고 때리다 한 달쯤 남았을 때 일정을 바꿔버리는 거죠. 우리 일주일쯤 앞으로."

충분히 가능성 있다.

'아니, 이게 맞다.'

그렇게 본다면 40억 이상을 투자한 것도 이해가 간다. 강찬의 영화로 들어갈 관객들까지 쓸어올 수 있다면 그 이상도 가능할 테니까.

영화관을 선점하는 것은 꽤 중요하다. 영화를 자주 보는 이들이 아닌 이상 어느 정도 입소문을 타고 있는 영화를 보기 마련이기 때문.

만약 저들이 일주일을 당겨버린다면, 강찬은 시쳇말로 '오픈빨'을 제대로 받지 못하게 된다.

'이론상은 그런데.'

이해가 되질 않았다.

영화 관객 수는 중복이 가능하다. 즉, '승리'를 본 사람이 '지킬 앤 하이드'를 안 보는 것이 아니기 때문.

'이러면 둘 다 피를 보는데…… 왜 이렇게 나오는 거지?'

제일 처음부터 가진 의문은 저들이 굳이 그럴 필요가 없다는 것이다. 할리우드에서까지 인정한 감독과 맞붙어 남는 게 뭐가 있다고 승자 없는 싸움을 한단 말인가.

서로 일정을 조절해 윈윈할 수 있는 것이고 기왕이면 다홍치마라고 서로의 영화를 홍보해 주며 아름다운 선후배 사이를 연출할 수도 있는 것인데.

'도대체 왜.'

천천히 하나하나를 되짚어보던 강찬은 이내 하, 하는 한숨과 함께 손가락을 튕겼다.

"IG."

"응?"

저들의 목표가 자신들의 영화를 흥행시키는 게 아니라 강찬 영화를 망치는 것이라면 충분히 이해가 간다.

단 한 명이라도 타격이 있는 것은 분명하니까.

그리고 그런 목적을 가지고 돈을 풀 집단은 세상에 단 하나뿐이다.

"일루션즈 게이트요. 그놈들 잠잠하다 싶었더니 이렇게 수작질하는 것 같은데요?"

"세상에."

만약 일루션즈 게이트가 뒷배로 있다면 일이 커진다. 그것도 엄청나게. 미간을 굳힌 강찬은 핸드폰을 들어 백중혁에게 전화를 걸면서 안민영에게 말했다.

"한국이 문제가 아니었네요. 안 PD님. 해외 쪽도 한 번 알아봐 주세요. 비슷한 시기에 개봉하는 영화 중 신경 써야 할 영화가 몇 개나 있는지. 그리고 한국이랑 비슷한 상황으로 흘러가고 있는지."

안색이 파리해진 안민영이 빠르게 전화를 돌리기 시작했고 곧 백중혁이 전화를 받았다.

"예. 30분 뒤에 거기서 뵙겠습니다."

백중혁과 약속을 잡은 강찬은 긴 한숨을 내쉬었다. 그러자 안민영이 물어왔다.

"어떻게 하지?"

"그러게요."

강찬이 지친 듯 미소를 보이자 안민영의 미간이 굳었다. 지금까지 항상 답을 제시하던 강찬이 이런 미소를 보인 것이 처음이었기 때문.

"일단 나는 나대로 알아볼게. 백 사장님 만나 뵙고 와서 이야기하자."

"예. 부탁드릴게요."

안민영은 '오케이'하고 말한 뒤 핸드폰을 들고 스튜디오를 나섰고 그녀의 뒤를 바라보던 강찬은 의자에 길게 누으며 두 눈을 감았다.

가장 먼저 든 생각은 하나.

'어떻게 해야 하지.'

강찬은 개인이다.

지금까지 이런 거대한 자본 싸움에 끼어본 적도 없고 끼리라 생각조차 하지 못했다. 그저 앞만 보고 나아갔을 뿐인데 어느새 찻잔 속의 폭풍을 일으키는 주인공이 되어 있었다.

'개 같은…….'

처음에는 분노였다.

IG에 대한, 유니버셜을 얻으면 탄탄대로가 펼쳐질 것이라 안일하게 생각했던 자신에 대해서.

그다음은 수용이었다.

IG가 그래야만 했던 이유에 대해서, 그리고 이 상황에 대해서.

'후.'

짧은 한숨으로 모든 격정을 털어낸 강찬에게 남은 것은.

'방법은 있다.'

아주 간단한. 그리고 쉬운 방법이 있다.

'압도적으로 이기면 된다.'

그들이 무슨 수작을 벌이든 간에 이기면 된다. 스포츠에 비하자면, 상대가 약물복용을 하든 심판을 매수하든 압도적인 차이로 이겨버려 전부를 꿀 먹은 벙어리로 만들어버리면 되는 것이다.

'걱정할 필요 없어.'

강찬은 지금까지 할 수 있는 모든 것을 했으며 개봉까지 남은 시간 동안 가진 모든 것을 투자해 인생 최고의 영화를 뽑아낼 것이다.

시나리오, 배우, 연출, 감독, 편집, VFX 등. 영화 제작에 관한 모든 것은 강찬이 아는 한도 내에서 최선을 다할 것이다.

'이긴다.'

자신의 의지를 굳히듯 홀로 고개를 주억인 강찬은 자리에서 일어섰고 백중혁을 만나기 위해 걸음을 옮겼다.

서울 근교의 한정식집.

굳은 얼굴의 강찬이 백중혁에게 말했다.

"일단 중국과 한국, 그리고 영국은 확실합니다."

"북미는 어떤가?"

"아직은 잠잠하지만, 혹시 모릅니다."

백중혁을 만나기 위해 오는 길, 안민영은 빠르게 다른 나라들의 동향을 확인했고 그중 중국과 영국에서도 한국과 비슷한 일이 벌어진 것을 확인했다.

'지킬 앤 하이드'가 개봉한 뒤에 개봉해야 할 영화의 개봉이 대거 앞당겨진 것을 발견한 것. 강찬에게 모든 설명을 들은 백중혁이 근심 가득한 얼굴로 물어왔다.

"IG가 확실한가?"

"배후에 누가 있는지는 확실하지 않습니다."

백중혁이 끙, 하는 신음을 흘릴 때 강찬이 말을 이었다.

"그리고 한국에서만 발생한 일이라면 우연이라 치부하고 넘어갔겠습니다만 우연이 두 번 세 번 일어나면 더 이상 우연이라 볼 수 없겠죠."

그리고 그 악연이 강찬을 노리는 악연이라면 더욱이나.

"누가 뒤에 있는가는 이제 중요하지 않은 것 같습니다."

"자네 말도 맞네만, 나는 일단은 상대가 누군지 아는 게 더 중요하다고 보네. 지피지기면 백전백승이라는 말도 있지 않은가."

"예."

"물론 IG 외의 회사를 생각하긴 힘들긴 하네만…… 확실히 해두어 나쁠 것은 없으니 내가 따로 알아보겠네."

"부탁드리겠습니다."

"유니버설 측에서는 무어라 하는가?"

"아직 연락을 해보진 않았습니다만 그쪽 정보 수집력을 생각해 보면 이미 알고 있지 않을까 싶습니다."

"그럼 곧 그쪽도 어떻게 대응할지 연락이 오겠구먼."

"그렇겠죠."

"그쪽은 그쪽이고…… 우리는 우리 대로 방법을 생각해야지."

천천히 고민하던 백중혁이 강찬에게 물어왔다.

"어떻게 하면 좋겠나?"

그의 물음에는 많은 것이 담겨있었다.

이번 일에는 유니버설이 전면에 나설 수 없다. 강찬의 영화가 개봉하는 날짜에 맞춰 그 나라의 유명한 감독들이 개봉한다는데 어찌하겠는가.

IG가 개입되어 있으며 그들이 강찬의 영화를 망하게 만들기 위해 손을 썼다는 것을 구체적으로 증명하기 전까지는 어떻게 할 수가 없다.

그저 재수가 없다고 할 수밖에.

그렇기에 강찬의 대응이 중요한 것이다.

"제가 할 일을 할 생각입니다."

"할 일?"

"예. 영화를 잘 만들어야죠."

"그걸로 되겠는가?"

"그거면 충분합니다."

당당한 그의 말에 백중혁이 고개를 저었다.

"어떻게?"

"실력으로요."

"자네 마음은 이해하네. 오롯이 실력으로만 해결되는 세상이라면 그 누가 달가워하지 않겠나. 하지만 세상일이 그렇게 흘러가지 않는다는 것은 사네도, 나도 알지 않는가."

"그러니까 더욱 보여줘야죠. 돈으로 누를 수 없다는 게 있다는 것을."

말을 마친 강찬의 눈이 반짝였다. 그리고 그의 눈을 본 백중혁은 무언가를 말하려 입술을 오물거리다 입을 다물었다.

'진심이구나.'

강찬의 눈에 담긴 것은 그 무언 다른 것도 아닌 자신감이었다. 그 누구도, 그리고 그 무엇도 자신을 누를 수 없다는 자신감.

결국, 입을 다문 채 강찬의 눈빛을 바라보던 백중혁이 물었다.

"자신 있는가."

"그거 빼면 시체 아니겠습니까?"

이런 와중에도 농을 던지는 강찬의 태도에 허허, 하고 웃던 백중혁은 이내 고개를 끄덕이고 말았다.

"사람은 무섭지 않네. 하지만 돈은 무서워해야만 하네. 자네의 적은 자본이야. 사람과 사람이 모여 만들어낸 괴물이란 말일세."

"그 돈의 적이 무언지 아십니까?"

백중혁은 바로 답이 떠올랐으나 입 밖으로 내지 못했다. 그러자 강찬이 그의 답을 대신하듯 빙그레 미소를 지으며 말했다.

"더 큰 돈이죠."

"할 수 있겠는가."

"안 되면 되게 하라. 참 좋아하는 명언 중 하나입니다."

"혹자는 객기라 할 걸세."

"판단은 제가 아니라 관객들이 하겠죠. 거대 자본이라는 돌에 저라는 달걀을 던지다 무너졌다 말할지, 달걀이 돌을 부술지는 제가 판단하지 않겠습니다. 그저 최선을 다할 뿐입니다."

"……."

그의 대답에 침묵을 고수하던 백중혁은 이내 웃기 시작했다. 한 조각 웃음은 이내 크게 번졌고 곧 마른 들판의 불처럼 백중혁의 얼굴 전체에서 박장대소가 터져 나왔다.

"으하하하하!"

백중혁은 자신의 허벅지를 두들기며 웃다가 이내 끅끅거리며 강찬에게 말했다.

"그래. 그래야 강 감독이지. 자네는 항상 그랬지. 강찬. 자신감 하나 빼면 시체인 사내 아닌가."

백중혁은 이보다 만족스러운 대답은 없다는 듯 거하게 웃어 재꼈고 이내 눈꼬리에 맺힌 눈물을 훔치며 말했다.

"믿겠네."

"예. 아마 전에 다시없을 홍보가 될 겁니다."

"그래. 그렇지. 십수 년, 아니, 수십 년의 경력을 가진 감독들이 자네 앞에서 차례로 무너지는 모습을 가치로 따지자면…… 홍보 가치는 IG의 주가 총액 정도 되겠구먼!"

그는 이미 강찬의 승리를 보기라도 한 듯 신이 나서 웃었고 강찬의 얼굴에도 미소가 번졌다.

'됐다.'

말 몇 마디로 자신을 믿어주는 이. 그런 사람이 있다는 것만으로도 성공했다 할 수 있었다. 만약, 만에 하나라도 이번에 실패한다 하더라도 다시 일어설 수 있는 기반을 확보한 셈이나 마찬가지이다.

"감사합니다."

"자네는 그게 문제야. 감사를 너무 막 하지. 자네의 감사는 이번 영화가 대박 난 이후에 '배급 잘 해주셔서 감사합니다.'라는 말로 듣겠네. 그 외는 내가 부끄러워서 못 듣겠어. 늙은이가 한 게 있어야 그런 인사라도 듣지. 아무것도 안 하고 어디 낯간지러워서 얼굴 들고 다니겠나."

"충분히 잘해주고 계신데요."

백중혁은 아니라는 듯 고개를 저으며 말했다.

"내 일흔 평생 이런 스케일의 방해는 또 처음 보는구먼."

"그러게 말입니다. 왜 엄한 사람을 물고 늘어지는지."

"게다가 그놈들은 자네가 어떤 사람인지도 모르지 않나. 조금이라도 알아봤으면 쉽게 물진 않았을 것을."

대략적인 이야기가 끝나자 심각했던 분위기도 조금은 풀어졌고 두 사람은 어느새 식어버린 음식들로 수저를 뻗으며 식사를 시작했다.

백중혁을 만난 뒤 서울 근교의 스튜디오로 돌아온 강찬은 생각에 잠겼다. 어떻게 해야 할 것인지. 어떤 방법이 가장 현실적일 것이며 자신의 영화에 도움이 될 것인지.

그리고 앞으로의 행보에까지 관해서.

생각하는 사이, 어느새 달이 지고 해가 떠오를 무렵. 강찬이 고개를 끄덕였다.

'그래. 한 번 끝까지 가보자.'

그렇다고 가만히 앉아 영화 제작에만 몰두할 생각도 없었다. 전쟁터가 진흙탕 속이라면 그 안으로 들어가야만 승리를 쟁취할 수 있을 터.

생각을 끝낸 강찬이 계획을 짜고 있을 때, 그의 전화가 울렸다.

국제전화인 것을 보자 자연스레 누구일지 예상이 되었고 강찬이 전화를 받자 익숙한 목소리가 흘러나왔다.

-미스터 강? 안토니일세.

"예."

-어디까지 알고 있나?

"그냥 전부 알고 있다고 생각하시면 될 것 같습니다."

-그래…… 일단은 미안하네. 우리가 해줄 수 있는 게 많지 않아. 대신해 줄 수 있는 것 안에서는 모든 것을 해주겠네.

"이해합니다."

의외로 담담한 강찬의 반응에 안토니가 의외라는 듯 흠, 하는 신음을 흘렸다.

-예상하고 있었나?

"그건 아닙니다. 일단 일 이야기부터 하시죠. 유니버셜은 어떤 걸 해주실 수 있으십니까?

-일단은 기사부터 낼 생각이네. IG가 수작을 부리고 있다는 기사를 내야겠지. 그리고 그 안에 그들이 유니버셜 픽쳐스 인수를 위해 한 슈퍼 루키 감독의 미래를 망치려 한다는 휴머니즘도 조금은 집어넣을 걸세.

기사를 낸다면 한두 개를 생각하겠지만, 기사를 내는 이가 유니버셜이라면 말이 달라진다.

몇 개가 아니라 수십 개의 기사가 쏟아져 나올 것이며 한동안은 미디어들이 떠들썩하게 될 터.

하지만 이런 액션을 취한다고 해서 공식적으로 해결되는 것은 없다. 이미 결정된 것들이 대부분이니.

그렇기에 안토니가 '해줄 수 있는 게 많지 않다.'라고 말한 것이다.

-그 외에도…….

안토니는 다방면으로 IG를 압박할 것이며 일정을 바꾼 영화감독과 스태프들, 배우들까지 언급할 생각이라 말했다.

그들의 영화에 참여한 이들은 엄한 불똥을 맞는 셈이 되긴 하지만. 그 정도는 금방 지나갈 비니 괜찮을 것이었다.

-더 필요한 것 있나?

"토크쇼 몇 개만 잡아주십시오. 세계적으로 유명한 것들로."

-자네가 직접 나설 생각인가?

"예. 제 영화니까요."

영화를 잘 만드는 것은 당연하다. 지금은 100%가 아닌 120% 나아가 150%가 필요한 상황. 영화로 100%를 채우고 언론 플레이로 나머지를 넘어서야 한다.

-……그렇다면 알겠네.

"예. 잘 부탁드리겠습니다."

-따로 말할 일이 생기면 연락하지.

"네. 그럼……."

강찬이 전화를 끊으려 할 때, 안토니가 작게 말했다.

-미안하네.

"홍보 이벤트라 생각하죠, 뭐."

-고맙네.

"전 말보다는 물질적인 무언가를 좋아합니다. 이를테면 타임스퀘어에 그 거대한 광고판 있지 않습니까. 거기서 한 달 정도 포스터를 건다거나……."

-생각해 보지.

강찬의 말이 끝나기도 전에 안토니가 쿨하게 대답했고 강찬은 웃음을 흘렸다.

-그럼 끊겠네. 고생하게나.

"넵."

안토니와 전화를 끊자 답답했던 속이 조금이나마 후련해지는 것이 느껴졌다. 유니버설이 움직이기 시작한 이상 IG도 더 이상의 움직임을 보이진 못할 것이다.

"으아아."

강찬은 기성과 함께 기지개를 켜며 찌뿌둥한 몸을 푼 뒤 자리에서 일어섰다.

"그럼 가볼까."

이제는 반격을 시작할 시간이 되었다.

한국에는 3개의 공영방송이 있다. 전체 TV 시청률의 3~40% 이상을 차지하는 거대한 방송이며 이슈가 되는 것들은 보통 공영방송 3사에 의해 방송되곤 한다.

훗날 케이블 채널들 또한 공영방송 3사의 시청률을 따라잡긴 하지만 2008년 지금의 케이블은 미비한 시청률을 보이고 있었다.

그렇기에 강찬은 한국 일정 중 방송 3사의 모든 토크쇼에 출연을 결심했으며 안민영은 그의 스케줄에 맞추어 방송 출연 일정을 잡아주었다.

2008년 2월 1일.

첫 토크 쇼 녹화가 있는 날, 분장실에서 들려 머리 손질을 받고 있던 강찬의 전화가 울렸다.

-거의 모든 영화가 우리 것보다 일주일 앞이야.

"예상대로네요."

전화를 건 이는 안민영이었다.

-응. 그리고 한 편이 아니라 두 편인 곳도 있네.

"참…… 너무한다 싶네."

-그러게 말이야. 준비는 잘했어?

"그럼요."

-너무 센 워딩은 피하고.

"그건 장담 못 드리겠네요."

강찬의 대답에 수화기 건너로 안민영의 짧은 한숨이 들려왔다.

-하이고……. 어쩌다 일이 이렇게 된 거람.

"차라리 좋지 않아요? 파라 보니까 엄청 좋아하던데. 공짜로 광고 엄청 하게 생겼다고."

-그건 그렇지만……. 나는 모르겠다. 강 감독이 알아서 잘

하겠지.

"그럼요."

-오케이! 그럼 파이팅 하고! 또 새로운 정보 들어오면 말해줄게.

"네. 고생하세요."

안민영과 전화를 끊은 강찬은 오늘 토크쇼에 나가 할 이야기를 천천히 가다듬었고 곧 방송 시간이 되었다.

한국에서 첫 토크쇼.

가벼운 신변잡기와 영화로 시작된 토크쇼가 이어졌고 강찬은 분위기에 맞추어 하하, 웃으며 이야기를 이어나갔다.

그렇게 두어 시간 녹화를 진행했을 때, 큐 시트를 넘기던 진행자가 말했다.

"그럼 다음은, 강 감독님이 하고 싶은 이야기가 있다고 하셨네요."

"예."

강찬은 여전히 미소를 짓고 있었고 MC 또한 가벼운 분위기로 물어왔다.

"어떤 이야기인가요?"

"제 영화 '지킬 앤 하이드'는 전 세계의 80% 이상의 국가에서 동시에 개봉한다는 건 아까 말씀드렸죠?"

"그럼요."

"그런데 신기한 일이 있습니다. 제가 개봉하는 날짜의 뒤에 있던 유명한 감독님들의 작품들이 '지킬 앤 하이드' 개봉 일주일 전쯤으로 당겨진 겁니다. 한 나라에서만 그러면 그럴 수 있겠다고 생각하겠는데 지금 확인된 것만 여섯 나라입니다. 전부 문화 강국이라 불릴 정도로 큰 시장들에서만 말이죠."

MC는 강찬의 말을 이해하려는 듯 천천히 고개를 끄덕였고, 그사이 강찬이 말을 덧붙였다.

"마치 누가 짜기라도 한 듯 말이죠."

싱글거리고 웃고 있는 강찬의 얼굴이었지만 그의 눈은 웃고 있지 않았다. 강찬의 말에 토크쇼를 진행하던 이는 무언가 있다는 것을 눈치채고선 강찬을 보며 물어왔다.

"신기하네요. 전 세계에서 동시 개봉하는 영화인데 6개국의 이름 있는 감독들이 개봉 시기를 당겼다고요?"

"예."

"그건 정말 우연이라 보기 힘든데요. 그 영화의 관계자들이 그만큼이나 강 감독님의 영화를 견제하나 봐요."

"그런 거죠."

"정말 그 사람들이 단체로 담합을 하지 않는 이상 자연적으로 벌어지기는 힘들 것 같은 일이네요. 그런데 이게 실제로 벌어진 일이라니. 신기해요."

그녀의 말에 강찬이 고개를 끄덕였다.

"참 신기한 일이죠. 근데 이런 일이 해외에서만 일어난 건 아닙니다. 한국에서도 우범택 감독님의 '승리'가 일주일 당겨졌습니다."

강찬의 말이 끝나자 MC가 당황한 눈으로 숨을 한 템포 몰아쉬었다. 모르는 사람이 본다면 그저 약간 템포를 늦추는 것으로 보이겠지만 저것은 편집점을 잡는 행동이다.

"오……. 그렇게 언급하셔도 괜찮은가요?"

편집점을 잡은 MC는 PD와 강찬을 바라보며 물었다. 생방송이 아닌 녹화방송이기 때문에 가능한 일.

"예. 이 말을 하려고 나온 거니까요."

강찬의 말에 PD인 김호철이 고개를 끄덕였다.

몇 년 전, 만원의 행복으로 인연을 맺은 그는 이제는 토크쇼의 PD가 되어 있었고 강찬의 폭로 요청을 제일 먼저 받아준 PD였다.

그는 강찬의 말을 듣자마자 자신의 토크쇼에서 가장 먼저 밝혀달라 했으며 그로 인해 만약 문제가 생긴다면 책임은 자신이 지겠다고 말할 정도로 시청률에 목말라 있었다.

김호철 PD의 사인을 확인한 MC는 다시 한번 말 앞에 뜸을 들이며 편집점을 잡은 뒤 말을 이어갔다.

"그렇군요. 우범택 감독님이라면 꽤 유명한 감독님 아니신가요?"

"예. 맞습니다. 그런 분이라면 작품성으로나 흥행성으로나 자신이 있으셨을 텐데 왜 그런 선택을 하셨는지 알 수 없습니다."

"직접 이야기를 해볼 수 있지 않으신가요?"

그녀의 물음에 강찬이 씩 미소를 지으며 답했다.

"그러면 뭐가 달라질까요?"

눈은 웃지 않는 미소에 MC의 미간이 살짝 굳었다. 강찬은 그녀의 대답을 바라지 않고 말을 이었다.

"전 대화에는 의도가 중요하다고 생각합니다. 이 경우에 만약 그분과 제가 대화를 하게 된다면 그 대화의 의도는 서로의 의견을 맞추어나가는 것일 거고요. 근데 그게 가능할까요?"

이어지는 강찬의 직구에 MC의 동공이 흔들렸다. 방송 생활만 15년 이상, 토크쇼만 3년을 진행한 그녀였지만 이 정도로 직구를 받아본 것이 처음인 모양.

"불가능하겠죠. 전 이렇게 생각합니다. 누군가 어떠한 이유로 간에 자신의 지리를 잃었다면 새로운 자리를 찾아야 합니다. 아니면 자리를 되찾기 위해 노력을 해야겠죠. 자신의 자리를 차지하려는 이가 죽을 때까지 기다리거나, 죽이려고 하지 말고."

수위를 넘어선 강찬의 말에 MC는 PD를 바라보며 도움을 청했다. 하지만 PD는 흥미롭다는 듯 계속하라는 제스처를 보냈다.

"그렇군요."

굳은 얼굴의 MC가 간신히 대답하자 강찬은 잔잔한 미소를 지으며 말했다.

"이야기가 너무 무거웠죠. 전후 관계야 어떻게 되었든 지금의 저는 기쁩니다. 그 사람들이 저를 견제한다는 것 자체가 저를 인정하는 거잖습니까?"

강찬이 분위기를 반전시키자 MC는 구명줄이 내려온 사람처럼 밝은 미소를 지으며 답했다.

"그렇죠."

"제가 벌써 이렇게 컸나 하는 생각도 들고, 또 제가 잘하고 있구나, 하는 생각이 듭니다. 그리고 무엇보다."

강찬은 토크쇼 스튜디오 벽면에 걸려 있는 이번 영화 '지킬 앤 하이드'의 포스터를 가리키며 말했다.

"이제 티저만 공개된 영화를 이 정도로 경계하시는 걸 보면 이번 영화를 정말 잘 만든 게 아닐까, 하는 생각이 듭니다. 그리고 이번 이슈로 인해 영화 광고도 엄청나게 될 것이고요."

강찬의 넉살에 토크쇼의 사회자가 하하하, 하고 웃음을 터뜨렸다.

"맞는 말이네요. 저야 영화를 좋아하는 팬이긴 하지만 식견은 조금 모자란 편이거든요. 그렇지만 강 감독님의 영화는 재미있었고 이번 작품 또한 기대 중이죠. 그런 와중에 이런 해프닝이 벌어지니 강 감독님의 말씀대로 더욱 기대되네요. 과연 얼마나 재미있는 영화기에 전 세계의 감독들이 개봉 전부터 견제하는지요."

그녀의 멘트와 함께 이번 주제에 관한 대화가 마무리되었고 다른 질문으로 토크쇼가 이어졌다. 그렇게 한 시간여 정도를 더 대화를 나누고 나서야 토크쇼의 녹화가 마무리되었다.

2월 중순. 강찬이 처음으로 녹화한 토크쇼 방송이 전파를 탈 무렵.

안토니가 말했던 기사들이 전 세계적으로 쏟아져 나오기 시작했다. 영화의 본고장이라 불리는 미국의 할리우드에서 시작된 소문은 쏟아지는 기사들로 인해 기정사실화되었고 영화계에 종사하는 이들이 아니더라도 관심을 갖는 이슈가 되었다.

이슈가 커지면 커질수록 강찬은 더욱 바쁘게 움직였다. 한국뿐만 아니라 다른 나라들까지 돌아다니며 토크쇼에 참여했다.

이런 이슈를 놓칠 리가 없는 방송사들은 앞다투어 강찬, 그리고 그의 영화에 출연한 배우들을 섭외하기 위해 애를 썼고 강찬은 그 모든 출연 요청을 받아주었다.

그렇게 2월 말. 이번 사건에 대한 기사 중 처음으로 1억 뷰를 넘기는 기사가 등장했다.

[일루션즈 게이트. 숨겨왔던, 아니 숨기려는 척하던 야욕을 드러내다?]

-유니버셜 픽쳐스와 일루션즈 게이트, 그리고 지킬 앤 하이드 사태에 관하여.

사상 초유의 스캔들이 오대양, 육대주를 흔들고 있다.

이 기사를 쓰기 전, 나는 이 사건을 최대한 간단히 한 줄로 정리하기 위해 애써봤으나 한 줄로 정리할 정도로 간단한 사건이 아니었다.

하지만 나는 해냈고 이렇게 말하겠다.

'잠자는 사자의 코털을 건드렸다.'

이 사건에 대해 잘 모르는 이들도 있으니 설명을 하자면…….

(중략)

어처구니가 없는 사건이다. 아무리 자유경쟁 사회라지만 다수가 되어 소수를 핍박하는 것은 지탄받아 마땅한 행위가 분명하다.

그리고 그 사건이 자유경쟁 그 자체인 영화시장에서 일어났다는 것을 나는 내 두 눈으로 보고도 믿을 수 없었다.

물론 혹자는 말한다. 음모론이라고.

전 세계 23명의 감독이 강찬 감독의 '지킬 앤 하이드' 개봉 날짜인 3월 22일보다 일주일 먼저인 3월 15일에 개봉하는 것은 전혀 이상한 일이 아니다.

하지만 그들이 원래 개봉 날짜가 3월 15일이 아닌, '지킬 앤 하이드'의 개봉 후였으며 '지킬 앤 하이드'의 개봉 날짜가 공고된 후 그 날짜가 바뀌었다면 그건 이상한 일이 된다.

이걸 음모론이라고 말하는 이가 있다면 간단히 말하겠다. 나가서 사회생활이나 좀 해보도록.

각설하고 이 문제에 대해 강찬 감독은 물러서거나 숨지 않았다. 외려 밖으로 나서며 이 문제를 공론화시키고 모든 세상이 알게 하여 부조리함을 알렸다.

그의 제작사인 유니버셜 또한 그의 손을 들어주며 '무언가 있다.'라는 뉘앙스를 줄줄 흘렸으며 영화계에 조금 깊게 몸담은 이들이라면 누구라도 그 '무언가'가 무엇인지 단박에 알 수 있었을 것이다.

일루션즈 게이트.

어떤 회사인지 간단히 설명하자면 유니버셜 픽쳐스를 집어삼키려고 하는 제작사다. 일루션즈 게이트는 유니버셜 픽쳐스에서 나온 PD들이 모여 만든 회사며…….

(중략)

상상이 가는가? 21세기 정보화 시대에서 2차 세계 대전의 전술을 따라 한다는 것이?

근데 그게 현실이다.

만약 강찬 감독이 할리우드 키드라 불릴 정도로 핫한 감독이 아니었다면? 그의 뒤에 유니버설이 없었다면?

그는 이런 문제를 공론화시키지도 못한 채 거대한 기업의 힘 아래 묻혀 사라지고 말았을 것이다.

아니, 지금도 사라지고 있을 것이다. 강찬 감독뿐만 아니라 수많은 이가. 이 문제는 비단 강찬 감독뿐만 아니라 영화계에 일어나고 있는 폐단을 수면 위로 부상시킬 수 있는 부레이자 기회다.

(후략)

-인터내셔널 스크린, 아서 맥두인 기자.

역시 아서, 라는 말이 절로 나올 정도로 완벽한 기사였다. 그는 기자로서의 중립적 위치는 개나 줘버렸는지 기사 내에서 IG에 대한 분노가 느껴질 정도로 편향적인 기사를 썼다.

하지만 그로 인해 무어라 하는 이는 없었다.

이미 IG 측에서도 돈을 쓰기 시작했기에 IG를 옹호하는 기사가 넘쳐나고 있기 때문. 하지만 대부분 사람이 강찬과 유니버설을 옹호하는 상황이었다.

이유는 간단하다.

지금 약자는 강찬이니까. 그리고 당한 사람이며 위기를 극복하기 위해 발 벗고 나선 사람이기 때문.

사람들은 항상 위기에서 피어난 영웅을 원한다. 그리고 지금의 강찬은 누가 보아도 위기에서 피어난 영웅이었다.

"좋아."

파라의 말에 따르면 이번 이슈로 인한 홍보 가치는 억이 아니라 조 단위에 이를지도 모른다 했다.

그리고 전 세계적으로 매일 이슈가 되는 것을 보면 그녀의 말이 맞을지도 모른다는 생각이 들 정도였다.

강찬은 몸이 두 개라도 모자를 정도로 토크쇼와 방송, 그리고 인터뷰를 병행했으며 그러면서도 영화의 제작 또한 소홀히 하지 않았다. 직접 스튜디오들을 돌아다니며 편집을 했고 후반 작업에 대한 진행 상황 또한 직접 확인했다.

'제작은 완벽하다.'

편집을 하며 수백 수천 번을 본 장면들이 수두룩했지만, 잡티라 부를 것 하나 없을 정도로 완벽한 진행이 되어가고 있었다.

이대로라면 한국에서의 천만 관객, 그리고 '악당'과 'TWO BASTARDS' 두 편의 기록인 1억 불을 넘기는 것은 시간문제일 터.

'위기를 기회로.'

전화위복. 지금 상황에 딱 어울리는 말이었다. IG 입상에서야 이렇게 하면 강찬이 무너질 것이라 생각했을 것이다.

하지만 강찬은 달랐다.

22살의 어리고 경험 없는 감독이 아닌, 영화판에서만 20년

이상 구른 베테랑 감독이다. 비록 성공하진 못했어도 작은 불씨만 있으면 언제든 성공할 수 있는 감독.

거기에 발아의 식물이 더해졌고 발아의 식물을 가진 이들이 그를 위해 함께 일하고 있었으니까.

'지지 않는다.'

2008년 3월 15일.

강찬의 '지킬 앤 하이드'가 개봉하기 일주일 전. 약속이라도 한 듯 전 세계에서 23개의 영화가 개봉했다.

그리고 그 일주일 뒤, 2008년 3월 22일.

전 세계인의 이목이 집중된 그 날, 강찬의 영화 '지킬 앤 하이드'가 드디어 막을 올렸다.

To Be Continued